猎魔人

Wiedźmin
逐恶而来

[波兰]安杰伊·萨普科夫斯基 著　　[法]蒂莫泰·蒙田 绘　　巩宁波 译
Andrzej Sapkowski　　　　　　　Thimothée Montaigne

重庆出版集团　重庆出版社

THE WITCHER ILLUSTRÉ : LE SORCELEUR
© Andrzej Sapkowski, 1993 for the text. Original Title: Wiedźmin
(a novella contained in OSTATNIE ŻYCZENIE (THE LAST WISH), a collection of short stories)
© Editions Bragelonne 2020 for the illustrations.
Published in arrangement with Patricia Pasqualini Literary Agency., through The Grayhawk Agency Ltd.
Simplified Chinese Translation Copyright © 2023 by Chongqing Publishing House Co., Ltd.
All right reserved.

版贸核渝字（2022）第34号

图书在版编目(CIP)数据

猎魔人. 逐恶而来 / (波) 安杰伊·萨普科夫斯基著,(法) 蒂莫泰·蒙田绘；巩宁波译.
—重庆：重庆出版社，2023.12
ISBN 978-7-229-17843-7

Ⅰ.①猎… Ⅱ.①安… ②蒂… ③巩… Ⅲ.①长篇小说—波兰—现代
Ⅳ.①I513.45

中国版本图书馆CIP数据核字(2023)第147050号

猎魔人·逐恶而来
LIEMOREN·ZHU E ER LAI

[波兰]安杰伊·萨普科夫斯基 著 [法]蒂莫泰·蒙田 绘 巩宁波 译

责任编辑：邹 禾 魏映雪 方 媛
装帧设计：徐 图
责任校对：刘 艳

重庆出版集团 出版
重庆出版社

重庆市南岸区南滨路162号1幢 邮政编码：400061 http://www.cqph.com
重庆出版社艺术设计有限公司 制版
重庆市豪森印务有限公司 印刷
重庆出版集团图书发行有限责任公司 发行
E-mail:fxchu@cqph.com 邮购电话：023-61520646
重庆出版社天猫旗舰店
cqcbs.tmall.com
全国新华书店经销

开本：889mm×1194mm 1/8 印张：8 字数：70千
2023年12月第1版 2023年12月第1次印刷
ISBN：978-7-229-17843-7
定价：88.00元

如有印装问题，请向本集团图书发行有限公司调换：023-61520678

版权所有 侵权必究

作者简介：

蒂莫泰·蒙田

蒂莫泰·蒙田1982年7月14日生于法国鲁北市，自幼便痴迷绘画，求学于圣卢克图尔奈学院，又前往南特皮沃艺术院校专攻叙事艺术。在这段求学生涯中，他得到机会协助马蒂厄·洛弗雷完成《约翰·西尔弗》①（第一卷）（达高出版社）的上色工作，这一经历对他在绘画和图像叙事的风格方面产生了决定性影响。他很快便被太阳出版社发掘，与脚本作者让-卢克·伊斯坦合作，发表了第一部漫画作品《第五福音书》。接着又和热罗姆·勒·格里合作《马里科恩》（"12号"出版社）。之后他联系亚历克斯·艾利斯，与他一起在马蒂厄·洛弗雷的工作室工作，协助其完成了《第三圣约·尤里乌斯》（格雷纳出版社）前传的绘画。同时，他还从《夜王子》第八卷开始接手了系列创作，延续了该作品的成功。

除连环绘画之外，他也不忘打磨插画师的才能，参与了多项创作。2020年，他参与了由格扎维埃·多里松创作脚本的大型双联画（Dyptique）项目。在这一本围绕《猎魔人》世界展开的新作中，他采用传统的绘画形式完成整本插图。

安杰伊·萨普科夫斯基

安杰伊·萨普科夫斯基1948年生于波兰。曾获"扎伊德尔"②奖（先后共五次）、"大卫·盖梅尔"奇幻文学奖，并获颁波兰文化与民族遗产部授予的文化功绩奖章。他创作的《猎魔人》传奇故事被翻译成了37种语言，总销量超过1500万册，还改编为电子游戏《巫师》系列，拍摄多部真人连续剧等，取得了国际性的成功。他从斯拉夫神话、北欧神话等古老的神话传说和流行的童话故事中汲取灵感，用讽刺手法将故事讲述得更为巧妙，并以此探讨更具有当代意义的问题：歧视、异化，以及在不断变化的世界中寻找意义。

他的另一部代表作，历史幻想巨著《胡斯》以15世纪欧洲波希米亚十字军东征为背景，第一卷《愚人之塔》（Narrenturm）即将在本社出版。

译者简介：

巩宁波，山东淄博人，文学硕士，天津外国语大学欧洲语言文化学院波兰语专业负责人、波兰语讲师，研究方向为波兰文学、语言学、区域与国别研究。2014年毕业于北京外国语大学欧洲语言文化学院波兰语专业，获文学学士。2017年毕业于波兰华沙大学波兰语言文学系，获文学硕士。译有《希姆博尔斯卡选读札记Ⅱ》。

① 取材《金银岛》的漫画。下文《第五福音书》《马里科恩》《第三圣约·尤里乌斯》《夜王子》皆为法国出版的漫画作品。
② 波兰幻想文学最高荣誉。

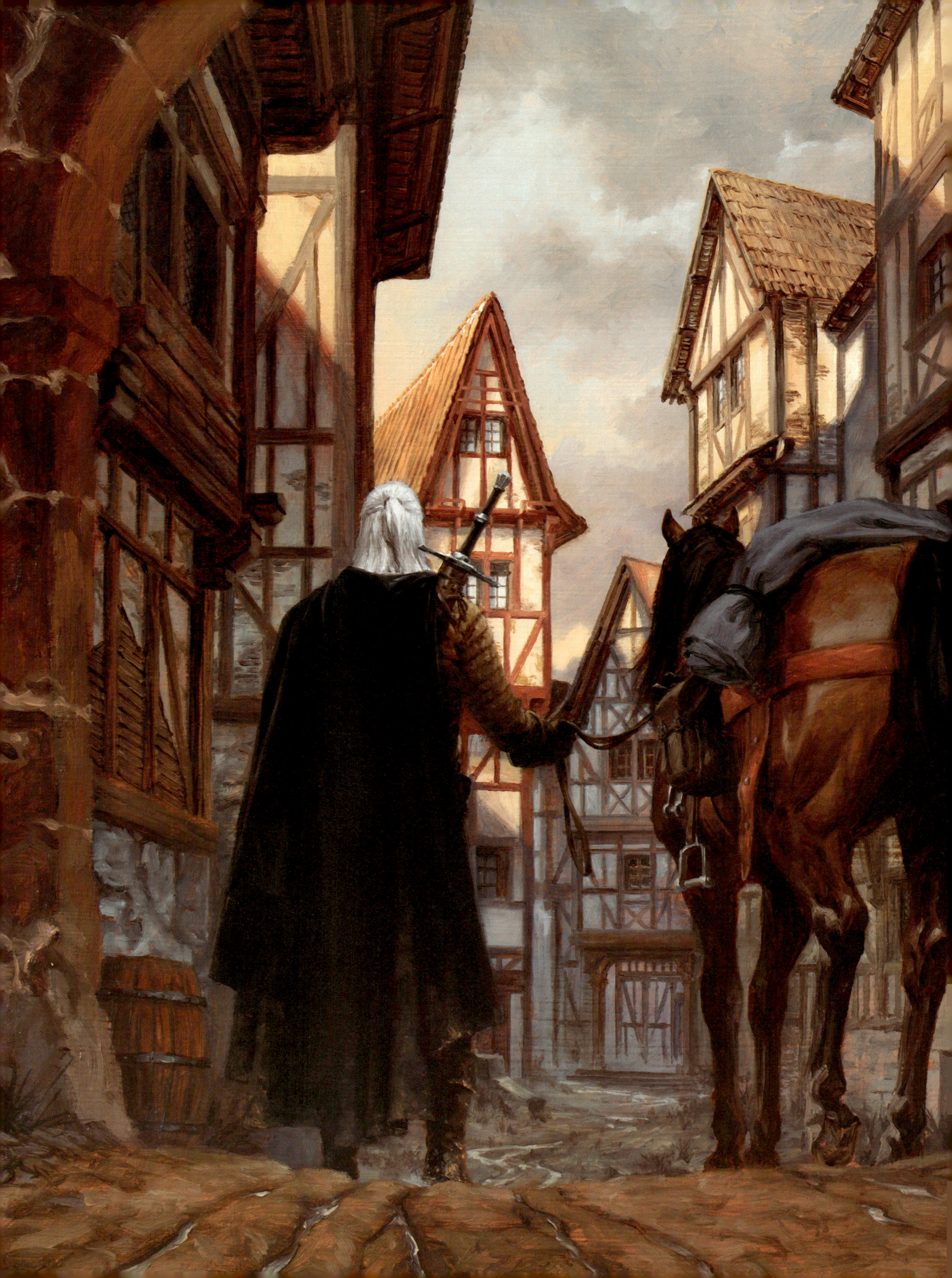

1

后来，人们传说：他自北方来，徒步而行，牵一匹驮着重物的骏马，经绳匠之门入城。其时正值午后，绳匠与鞍匠们早已收摊，狭窄的街道上空无一人。天很暖和，但他却穿着一件黑色斗篷，分外引人注目。

他在"老纳拉考特"旅店前停下了脚步，驻足片刻，听着店内嘈杂喧闹的人声。和往常一样，这家旅店这时候总是人满为患。

陌生人没有走入"老纳拉考特"，而是牵马继续往街尾走去。那里还有家小一些的旅店，名叫"狐狸"，"狐狸"旅店没什么名气，里面没多少客人。

旅店老板的视线从盛着酸黄瓜的小桶上移开，抬头打量了一眼来客。陌生人仍旧身着斗篷，僵硬地站在柜台前。他一动不动，沉默不语。

"来点什么？"

"啤酒。"陌生人说道。他的声音不怎么好听。

旅店老板在麻布围裙上擦了擦手，取出一个豁了口的陶杯，倒满了啤酒。

陌生人的年纪并不大，但他的头发却几近全白。他的斗篷下是件破旧的皮夹克，颈肩处都系有绑带。当他脱下斗篷时，所有人注意到，他的身后背着一柄剑。这没什么好稀奇的，在维吉玛，几乎所有人都携带武器，但绝没有人会把剑像长弓或箭袋一般背在身后。

陌生人没有像为数不多的客人们一样寻桌落座，他仍然站在柜台旁，用锐利的眼神盯着旅店老板。他喝了一口杯中的啤酒。

"有没有过夜的空房？"

"没有。"老板看着客人皱巴巴、脏兮兮的靴子，没好气地说道，"去'老纳拉考特'问问吧。"

"我想住这儿。"

"没房间了。"老板终于认出了陌生人的口音。他是个利维亚人。

"我会付钱的。"陌生人说道。他的声音很轻，仿佛没什么把握。

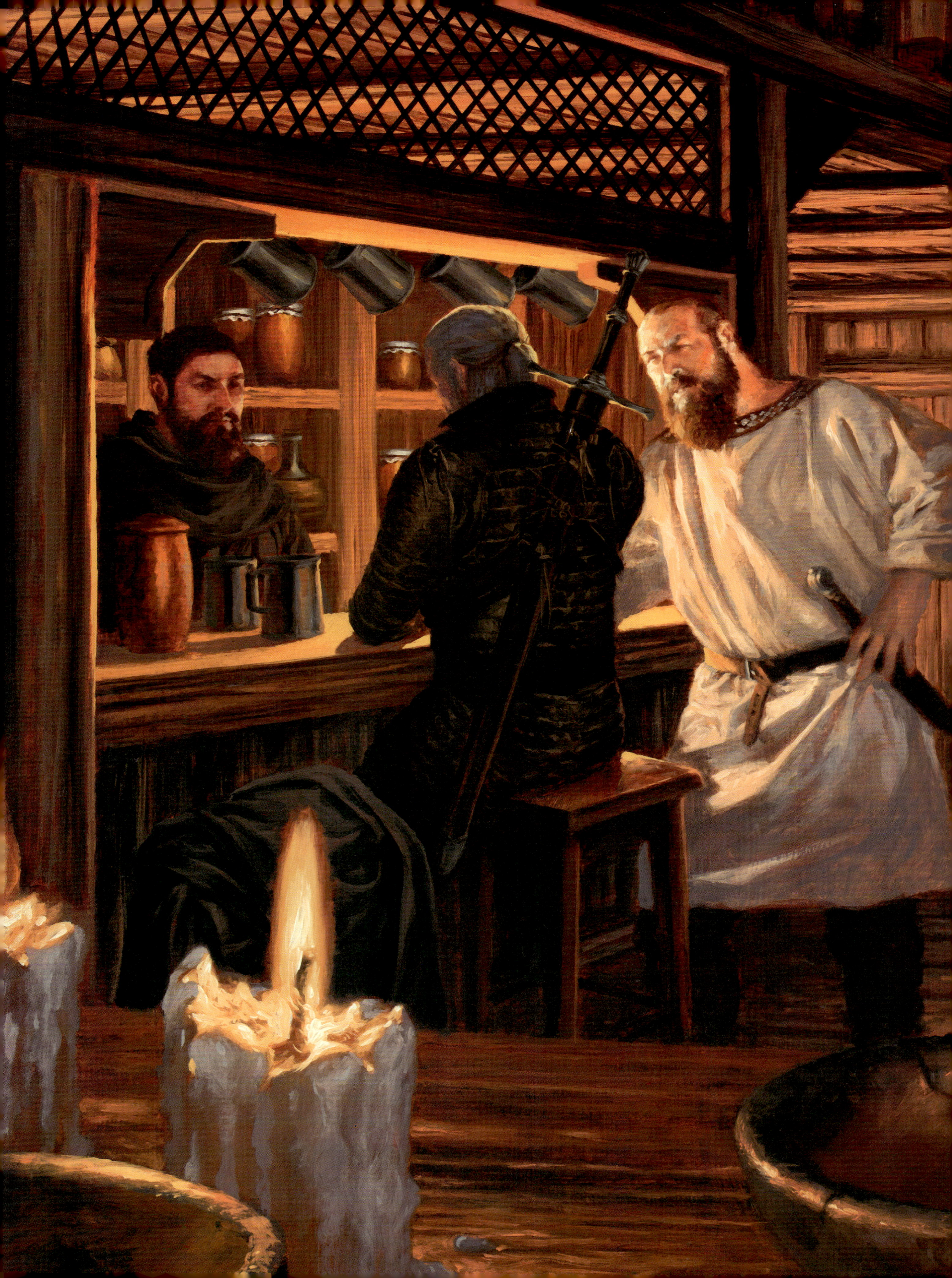

正在此时，令人不快的事情发生了。一个满脸麻子的大高个起身向柜台走去。打从陌生人进门起，麻子脸恶毒的目光便一刻也没从他身上移开过。他的两名同伙紧随其后，站到他身后不足两步远处。

"臭无赖，聋了吗，这儿没有让利维亚流浪汉过夜的房间！"麻子脸站在陌生人身旁，大吼道，"我们维吉玛不欢迎你这样的人。这可是个体面的城市！"

陌生人拿起自己的杯子，往旁边挪了挪。他看着旅店老板，然而后者避开了他的目光，显然没有任何要替利维亚人出头的意思。毕竟，谁会喜欢利维亚人呢？

"利维亚人都是小偷！"麻子脸继续大吼，口中喷出啤酒、大蒜与恶毒的气息，"狗杂种，听到我说什么了吗？"

"他没听到。他的耳朵让大便堵住了。"站在麻子脸身后的其中一人说道。另一人则在放声大笑。

"把钱付了，赶紧滚蛋！"麻子脸吼道。

直到此时，陌生人才看向他。

"等我喝完这杯酒。"

"我们来帮你一把。"麻子脸恶狠狠道。说罢，他扬手打飞利维亚人手里的酒杯，紧接着一手抓住他的肩膀，另一手抓向他胸口交叉的绑带。与此同时，麻子脸身后一人也挥拳袭来。陌生人见状，身形闪转，顷刻间便让麻子脸失了平衡。剑鸣声起，长剑在昏暗的灯光下斩出一道寒光。旅店内登时乱作一团。一声尖叫传出，在场客人中有人连滚带爬冲向门口。一把椅子被人撞倒在地，陶罐陶杯砸落地面，发出咚咚的闷响。旅店老板惊恐地看着眼前麻子脸那张几乎被一分为二的丑脸，嘴唇抖个不停。麻子脸的手指还扒着柜台的台沿，接着，他滑落下去，如溺水一般，从老板的视野中消失不见。另外两人躺在地上，一人一动不动，另一人在迅速蔓延的血泊中抽搐扭动。一个女人锐利的、歇斯底里的尖叫声在空气中震颤，几乎要将人的耳膜刺穿。老板打了个寒战，深吸了口气，开始剧烈呕吐。

陌生人退向墙边，全身紧绷，身形弓起，时刻戒备。他双手持剑，剑锋在空中舞动。没人敢动一下。恐惧，像冰冷的泥巴，糊了众人脸上，黏住了他们的四肢，堵住了他们的喉咙。

"砰"的一声，三名城镇守卫破门而入。想必他们刚好就在附近，手中都拿着大棒，看到血泊中的尸体，三人立马拔出了长剑。利维亚人后背紧贴墙壁，左手从长靴靴顶抽出一把匕首。

"丢掉武器！"一名守卫用颤抖的声音尖嚷道，"恶贼，丢掉武器！束手就擒！"

另一名守卫踹翻了阻碍他侧面包抄利维亚人的一张桌子。

"特莱斯卡，快去叫支援！"他冲靠近门口的第三名守卫大喊。

"没必要。"陌生人放低长剑，出声道，"我会自己走。"

"狗日的，你当然得走，但休想大摇大摆地离开！"声音颤抖的守卫大声嚷道，"丢掉剑，不然我就让你脑袋开花！"

利维亚人直起身子，迅速将长剑夹在左臂腋下，右手向上抬起，冲着三名守卫的方向快速在空中画了个复杂的法印。紧接着，他长至手肘的皮外套袖口上那些密密麻麻的铆钉开始闪烁光芒。

守卫们抬臂挡面，快步后退。一个客人猛地跳起，另一个客人拼了命似的向门口冲去。那女人再次发出疯狂而恐怖的尖叫声。

"我会自己走。"陌生人用铿锵有力的声音重复道，"你们三个走在前面，带我去见城督。我不认识路。"

"是，先生。"一名守卫低着头喃喃道。他神色茫然地向门口走去，另外两人快步跟在他身后。陌生人走在最后，边走边将剑入鞘、藏匕入靴。当他们经过桌子时，客人们慌忙掀起衣摆遮住面孔。

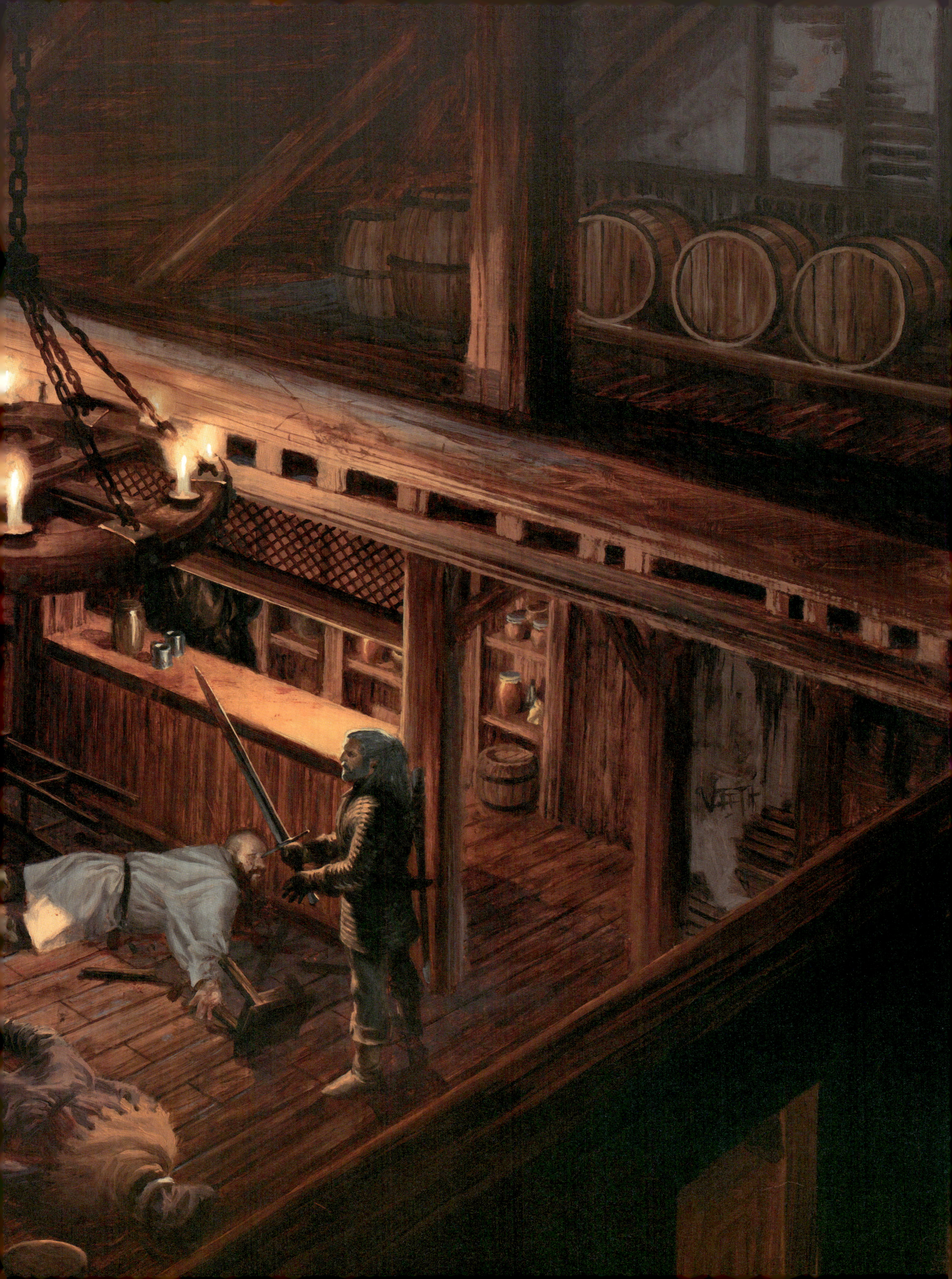

2

维吉玛城督维莱拉德满面狐疑地摸着下巴。他并非迷信胆小之人,却打心眼里排斥与面前的白发男人独处一室。终于,他拿定了主意。

"出去吧。"他对守卫命令道,"至于你,坐吧。等等,别坐那儿。不介意的话,坐得再远点。"

陌生人坐了下来。此时,他既没有佩长剑,也没穿那件黑色斗篷。

"我是维吉玛城督维莱拉德。"维莱拉德把玩着桌上沉甸甸的权杖,出声道,"我倒想听听,马上就要蹲大牢了,你这恶棍找我到底想干吗?杀了三个人,还想要施咒,还有什么是你干不出来的。在我们维吉玛,你这种人就该穿死在尖木桩上。但我为人一向公正,给你个辩解的机会也无妨。说吧,我洗耳恭听。"

利维亚人解开夹克,伸手掏出一卷白色的羊皮纸。

"这是你们在各路口的旅店旁张贴的东西。"他小声道,"上面写的没骗人?"

"啊,原来如此,是为了这事,我早该想到了。"维莱拉德盯着纸上的文字,嘟囔道,"没错,字字属实。这些公告的签署人正是泰莫利亚、庞塔尔、玛哈坎诸地之主——弗尔泰斯特国王。但公告是公告,法律是法律!我在乎的是维吉玛的法律和秩序!我绝不容忍杀人这种恶行!听明白了吗?"

利维亚人点了点头,表示明白。维莱拉德愤怒地冷哼一声。

"你带着猎魔人徽章?"

陌生人再次把手伸入夹克,摸出一枚系有银链的圆形徽章,上面刻有一颗龇牙咧嘴的狼头。

"有名字吗?随便什么名字都行,我不是好奇,单纯是为了方便交谈。"

"我叫杰洛特。"

"那我就叫你杰洛特了。听你的口音,是从利维亚来的?"

"没错。"

"果然。杰洛特,别怪我没提醒你,这事可不简单。"维莱拉德抬手拍了拍桌上的羊皮纸,"我劝你别惦记了。试过的人不少,但没一个能成。朋友,这活可不是砍死几个流氓能比的。"

"我知道。城督大人,我干的就是这行。公告上说有三千奥伦的悬赏。"

"没错，三千奥伦。"维莱拉德咂了咂嘴，"不止这些，虽然弗尔泰斯特陛下没有明写，但也有传闻，他会把公主许配给完成委托的人。"

　　"我对公主没兴趣。"杰洛特平静地说道。他双手放在膝盖上，一动不动地坐着："我只想要那三千奥伦。"

　　"什么世道。"维莱拉德叹气道，"什么见鬼的世道！换作二十年前，就算是个烂醉如泥的酒鬼也绝不会相信世上会有这种职业！猎魔人！游历四方的蛇怪杀手！云游四海的屠龙者！走南闯北的水妖猎手！杰洛特，干你们这行的能喝啤酒吗？"

　　"当然。"

　　维莱拉德拍了拍手。

"上酒!"他喊道,"杰洛特,坐近点。我没什么好担心的了。"
啤酒酒沫浮动,清凉爽口。

"这世道太可怕了。"维莱拉德一边喝酒,一边自顾自地说道,"各种各样的妖魔邪祟与日俱增。玛哈坎的山上到处都是矮妖。以前,森林里顶多能听到几声狼嗥,现在呢,吸血妖灵、树精、狼人还有数不清的怪物四处游荡。村子里,数以百计的孩子被鲁萨尔卡和哭鬼掳走。闻所未闻的恶疾肆虐横行,令人寒毛直竖。然而,相比之下,这事骇人听闻的程度可谓有过之而无不及!"他推了推摊在桌上的羊皮纸,"所以,杰洛特,我们需要猎魔人的帮助也就不足为奇了。"

"城督大人,"杰洛特抬起头,"关于这张国王公告,你知道内情吗?"

维莱拉德靠着椅背,两手叠放到肚子上。

"内情?啊,我当然知道。虽说不是亲眼所见,但消息来源绝对可靠。"

"我想了解清楚。"

"既然你坚持如此,那告诉你也无妨。"维莱拉德抿了口酒,压低了声音,"老国王麦德尔还在世时,当时身为王太子的弗尔泰斯特陛下就向我们展示了他过剩的欲望。我们盼着,随着年岁渐长,他会收敛一些。谁承想,老国王刚去世,继位不久的弗尔泰斯特反而变本加厉,甚至做出了一件让所有人惊掉下巴的大事:简而言之,他搞大了自己亲妹妹阿妲的肚子。他们兄妹俩关系很亲密,但谁也不曾有过怀疑,呃,也许老王后……很快,阿妲的肚子一天天变大,弗尔泰斯

特开始筹办婚礼。杰洛特,你敢相信,他竟要和自己的亲妹妹结婚?屋漏偏逢连夜雨,偏偏在这当口,诺维格拉德的维吉米尔打定主意,要把自己的女儿达尔卡嫁给弗尔泰斯特。见到维吉米尔的使团,弗尔泰斯特竟想拂袖而去,当众羞辱使节。好在被我们及时劝住了,否则蒙羞受辱的维吉米尔一定不会善罢甘休。后来没办法,我们只能向阿妲求助,毕竟他最听自己妹妹的话。一番折腾后,我们那任性的陛下终于听了劝,打消了从速举办婚礼的念头。没过多久,阿妲如期诞下了一个婴儿。听好了,一切才刚刚开始——没多少人见过那孩子,但是,在场的一个接生婆从高塔上跳窗自杀,另一个直接疯掉了,直到现在都神志不清。所以我猜,那私生女长得不是特别入眼。没错,生下来的是个女婴。不过,她很快便夭折了,我猜,那会根本没人顾得上给

孩子结扎脐带。阿妲也因难产而死,但这对她而言或许也算是解脱,不至于承受丧女之痛。紧接着,她哥哥弗尔泰斯特又做了件蠢事。在我看来,他应该要么派人烧掉那私生女的尸体,要么就埋到荒郊野外去,绝不该藏到王宫地下室的石棺里。"

"现在说这些为时已晚。"杰洛特抬起头,"无论如何,你们当时应该尽快找位'贤者'帮忙。"

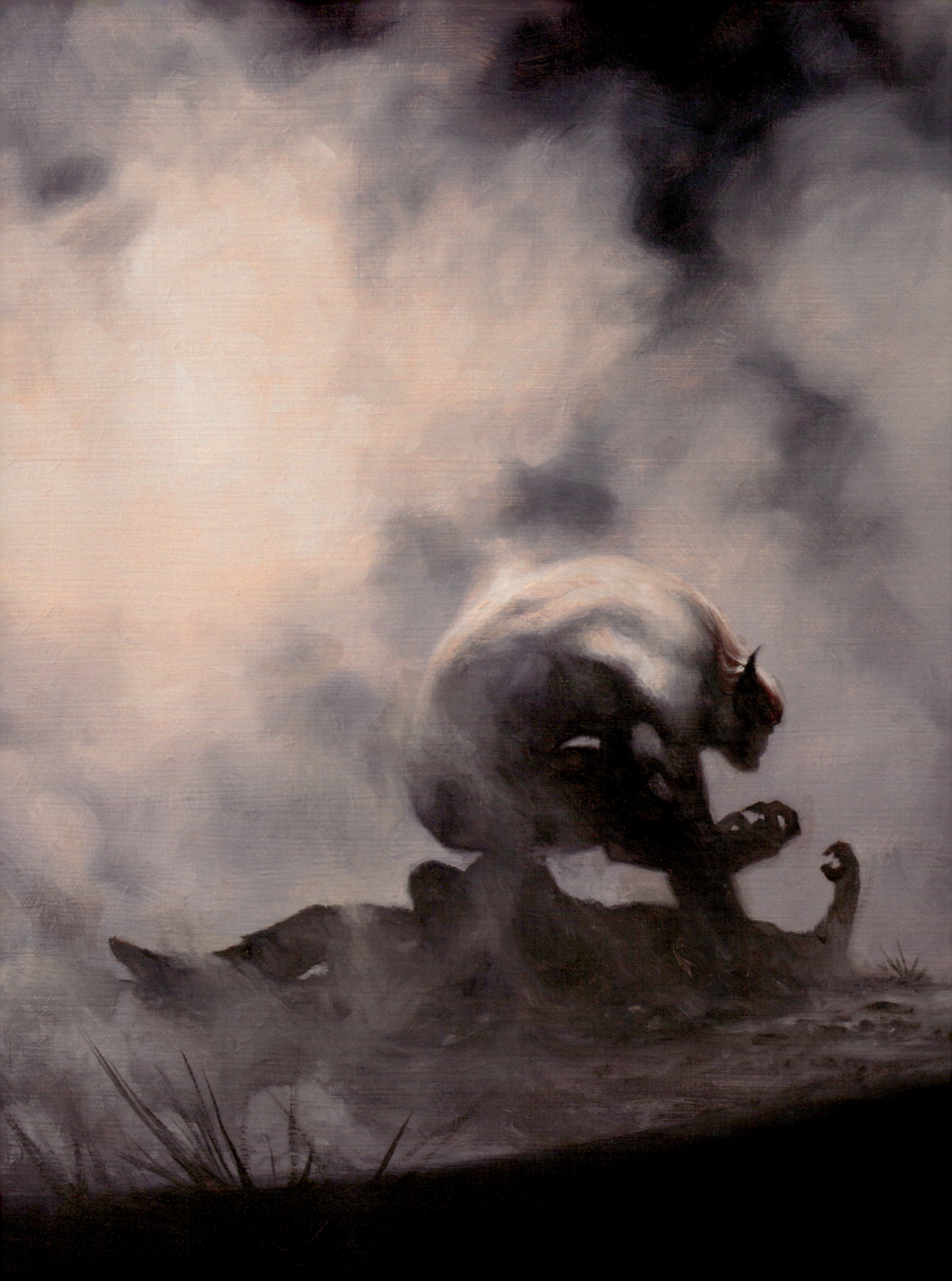

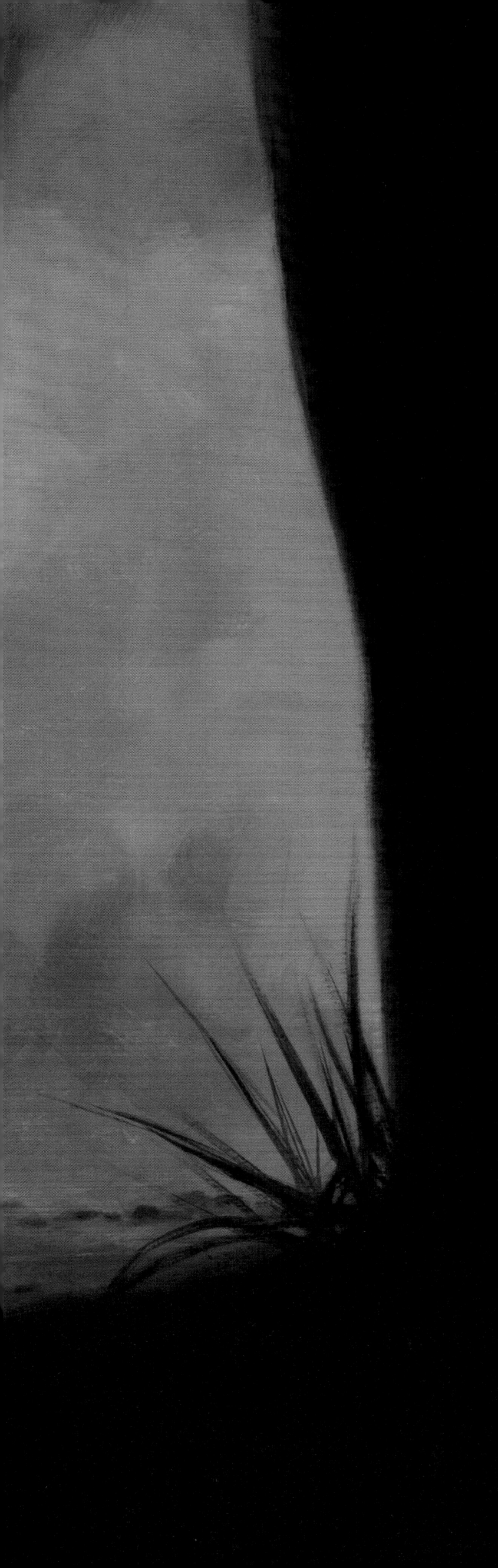

"你是说那些戴着星星帽的骗子？怎么没找，我们赶紧找来了十几个，不过，那是躺在石棺中的那东西现身之后的事了。每到深夜，她就会从石棺中爬出来。一开始还不是这样，葬礼过后的七年时间，什么事都没发生。直到某个月圆之夜，王宫突然被搅得天翻地覆，到处是恐怖的尖叫与哀号！接下来的事无须多言，你也看过公告，想必也很清楚——那婴儿在棺材里长大了，而且长得还很强壮，只消瞧一眼她那尖牙利齿就知道。总之，她变成了一只吸血妖鸟。可惜你没有像我一样亲眼见到那些尸体，否则你一定会对维吉玛避犹不及。"

杰洛特沉默不语。

"当时，"维莱拉德继续说道，"我也说过了，弗尔泰斯特命人寻来了一群巫师。他们谁也不服谁，叽叽喳喳吵翻了天，就差举起手里的棍子打起来了。那些棍子一定是有人放狗咬他们时拿来赶狗用的。我敢肯定，经常有人放狗咬他们。抱歉，杰洛特，也许你对巫师有不同看法，不，干你们这行的一定有不同看法，但在我眼里，那就是一群骗子和蠢货。相比之下，你们猎魔人要可靠得多。至少，你们更务实。"

杰洛特笑了笑，没有说话。

"罢了，还是说正事吧。"城督看了眼杯子，替自己和利维亚人斟满了酒，"现在想来，巫师们提出的一些建议可谓十分明智。有人主张放把火，把妖鸟连同宫殿和石棺一起烧成灰烬，有人提议用铁锹削掉她的脑袋，余下的人则主张将杨木尖桩钉入她全身各处。当然了，得找准时机，要等那恶魔晚上闹腾够了，白天在棺材里睡觉的时候动手。不料人群里冒出来个蠢货。那人是个驼背的隐士，光秃秃的脑袋上戴着一顶尖帽，异想天开地扬言一切都是诅咒造成的，而且诅咒可以解除，一旦成功，妖鸟就能变回弗尔泰斯特的掌上明珠。方法其实很简单，只需在墓室里过一整夜。杰洛特，你想想，人得蠢成什么样子才会像他似的大晚上跑去宫殿。果不其然，第二天，那蠢货几乎尸骨无存，也就帽子和手杖还在。但他的那番话却在弗尔泰斯特心里扎了根：他严禁一切试图杀死妖鸟的行为，为了解除公主身上的诅咒，派人遍寻王国各地，搜罗能人异士到维吉玛来。结果呢，来的都是些什么玩意！要么是古怪的老妖婆，要么是肮脏不堪、满身虱子的跛子。一群骗子！擅长的魔法就是把招待他们的好菜好酒一下子变没。不出所料，其中一些人很快在弗尔泰斯特面前露了馅，有几人甚至被吊死示众。要我说，这惩罚远远不够。换作是我，就把他们全部吊死。不必多说你也知道，那群人忙着坑蒙拐骗的时候，吸血妖鸟可丝毫不把他们和他们那些所谓的咒语当回事，一直在祸害别人。还有，弗尔泰斯特也已经不住在宫殿了。那里早就没人住了。"

"我不知道。城督大人，那猎魔人呢？有没有来试过？"

"的确来过几个。不过一听必须解除妖鸟的诅咒，而不是杀掉她时，他们绝大多数耸耸肩膀就离开了。杰洛特，这也大大增加了我对猎魔人的敬意。之后又来了一个，年纪没你大，名字我不记得了，也许他压根没说过名字。他倒试过。"

"结果？"

"被公主的利齿开膛破肚，肠子撒得到处都是。"

杰洛特点了点头。

"还有别的人吗？"

"还有一个。"

维莱拉德沉默片刻。猎魔人并未出言催促。

"没错，还有一个。"终于，城督出声道，"起初，弗尔泰斯特威胁他，若是杀死或是打残了妖鸟，他就得被吊死，他听了之后，只是笑了笑，便开始打包行李。唔，不过后来……"

维莱拉德身子前倾，向桌前探去，话音压得极低，宛如耳语一般。

"后来他还是接下了任务。瞧，杰洛特，维吉玛还是有几个聪明人的，就算是权贵里，也早有人对此忍无可忍。有流言称，那些人暗地里去劝说猎魔人，让他别费劲搞什么仪式或魔法，只管打死妖鸟，事后再告诉国王，魔法没有生效，公主从楼梯上跌了下去。唔，工作时难免发生意外嘛。大家都知道，国王会发一通火，不过后果嘛，顶多也就是不给赏金而已。那狡猾的猎魔人就说，不给钱的话，不如我们自己去处理妖鸟。唉，还能怎么办呢……我们筹了一笔钱，和他达成了交易……只不过，这事后来没什么结果。"

杰洛特挑了挑眉。

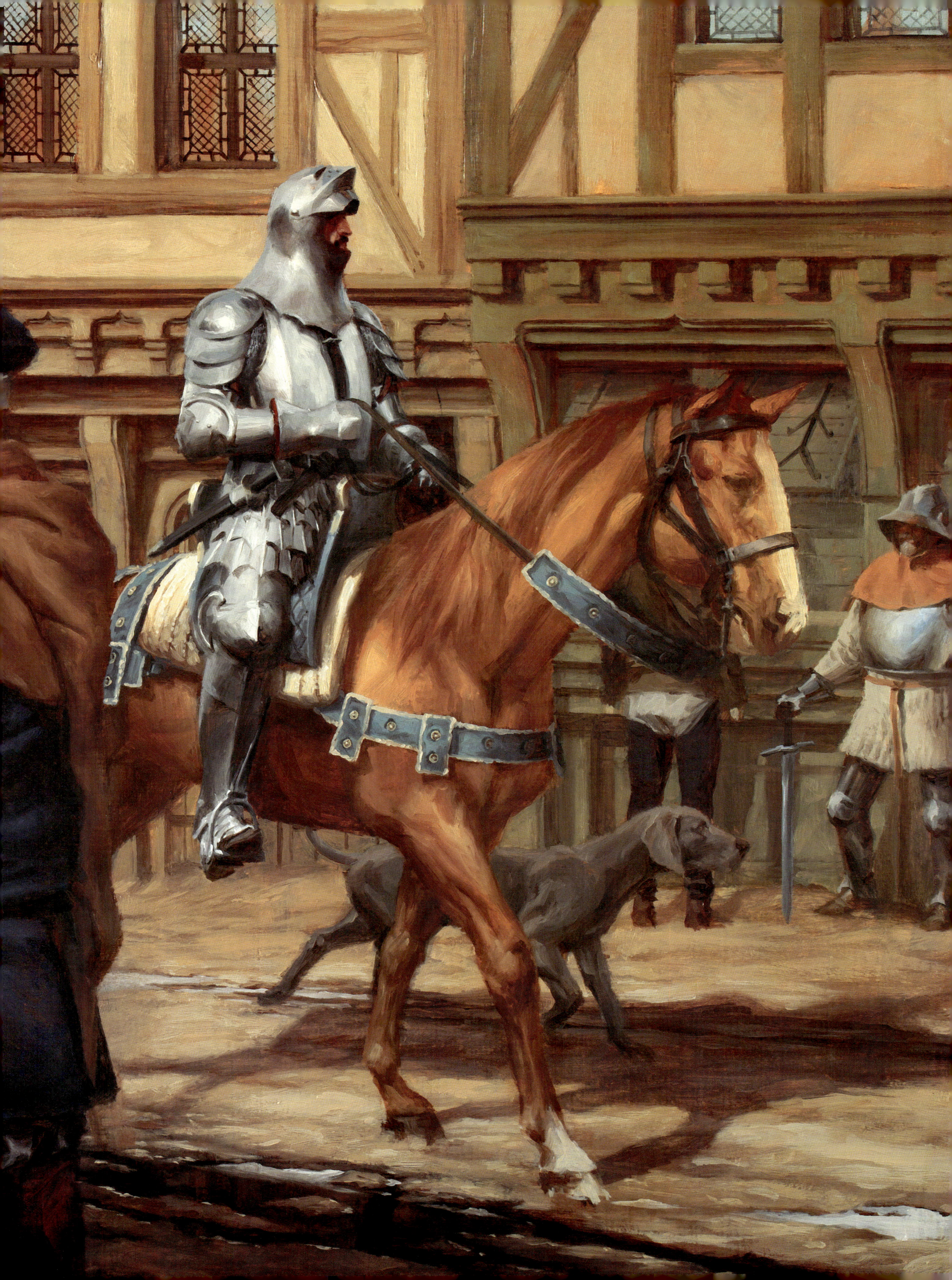

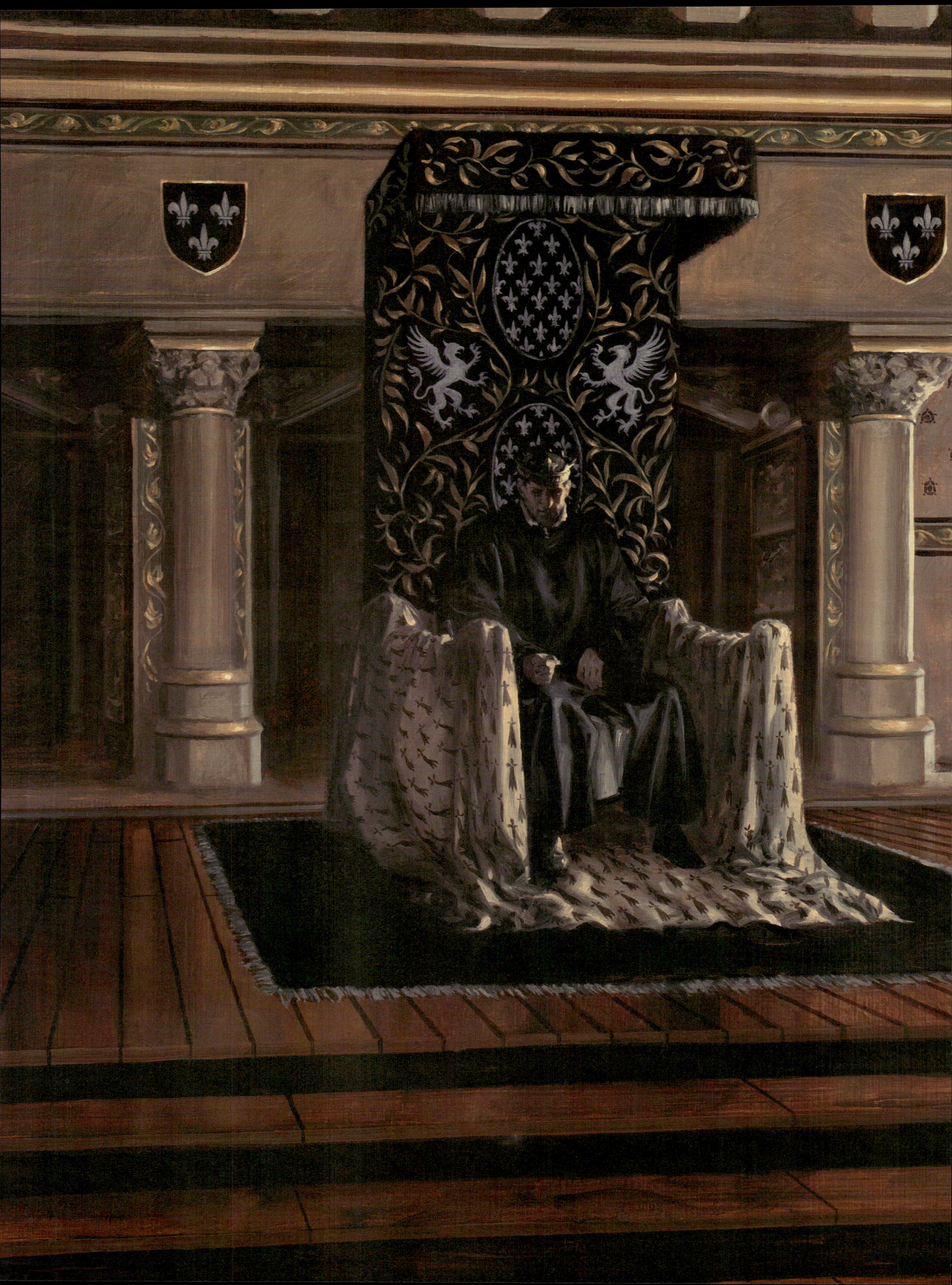

"你没听错,这事不了了之了。"维莱拉德说道,"那猎魔人不想第一晚就动手。他绕着宫殿走走转转,找个地方躲了起来。终于,听别人说,他看到了妖鸟。想必当时她正在吃人,毕竟那畜生从墓室里爬出来可不单单是为了活动活动腿脚。他一见那妖鸟,当晚就仓皇逃窜,连声招呼都没打。"

杰洛特嘴角微翘,似乎是笑了笑。

"那些聪明人一定还留着那笔钱吧?"他开口道,"猎魔人从不会提前收取报酬。"

"没错,他们一定还留着。"维莱拉德道。

"流言难道没说,那笔钱有多少?"

维莱拉德咧嘴一笑。

"有人说是八百……"

杰洛特摇了摇头。

"还有人说,"城督咕哝道,"是一千。"

"流言总爱夸大其词,考虑到这点,这数目可算不上多。国王可是要给三千。"

"别忘了还有御赐的婚约。"维莱拉德冷笑道,"谈这些有什么意义?我们彼此心知肚明,你拿不到那三千奥伦。"

"这'心知肚明'从何而来?"

维莱拉德抬手拍桌。

"杰洛特,别毁了猎魔人在我心里的印象!已经六年多了!每年都有多达五十人丧命于妖鸟之口,现在少了些,那是因为人人都躲得远远的,绝不靠近宫殿半步。不,朋友,我相信魔法,而且不止一次见识过魔法的威力,我也——当然,是一定程度上——相信巫师和猎魔人的能力。但说到解除妖鸟诅咒,那不过是个弯腰驼背、淌着鼻涕、吃隐修斋食吃坏了脑袋的糟老头子编出来的瞎话。除了弗尔泰斯特,没人会相信他的一派胡言。听着,杰洛特!阿妲之所以生出妖鸟,是因为她和自己的哥哥乱伦,这才是真相,任何魔法都无济于事。那妖鸟就像别的妖鸟一样吃人,就该把她像别的妖鸟一样直接杀掉。听我说,

两年前,在玛哈坎附近的一处穷乡僻壤,一条恶龙吃了一群乡巴佬的羊,他们一拥而上,操着棍子就把它打死了,甚至都不觉得这有什么好特意吹嘘的。而我们维吉玛人,每到月圆之夜,要么紧锁房门,干等奇迹,要么把犯人绑在宫殿前的木桩上,盼着那畜生吃饱了之后打道回府。"

"这方法倒不错。"猎魔人笑道,"犯罪率有下降吗?"

"一点都没有。"

"去宫殿要怎么走?我是说,新的那座。"

"我亲自带你去。聪明人们提出的建议你怎么考虑?"

"城督大人,"杰洛特说道,"何必这么着急?毕竟,不论我

愿意与否，工作时的确可能发生意外。到那时，聪明人们应该想想，要怎么把我从国王的怒火中救出，还要准备好流言中提到的一千五百奥伦。"

"是一千。"

"不行，维莱拉德大人。"猎魔人坚定地说，"要价一千的猎魔人瞧一眼妖鸟，连价都不讲就溜了。这就意味着，所冒的风险要高于一千。至于是不是高于一千五，也要等我见到她后才知道。当然，我会提前告知。"

维莱拉德挠了挠脑袋。

"杰洛特，要不一千二？"

"不行，城督大人。这活并不轻松。国王给出的赏金是三千，而且你们得知道，有时候，比起杀死妖鸟，解咒反而简单。如果杀死她那么容易，先我之前来的那些人里早就有人把她杀了。你们难道以为，他们被活活咬死仅仅是因为他们顾忌国王？"

"好吧，朋友。"维莱拉德沮丧地点了点头，"成交。不过，到了国王面前，千万别提工作时有可能发生意外。这是我真诚的建议。"

3

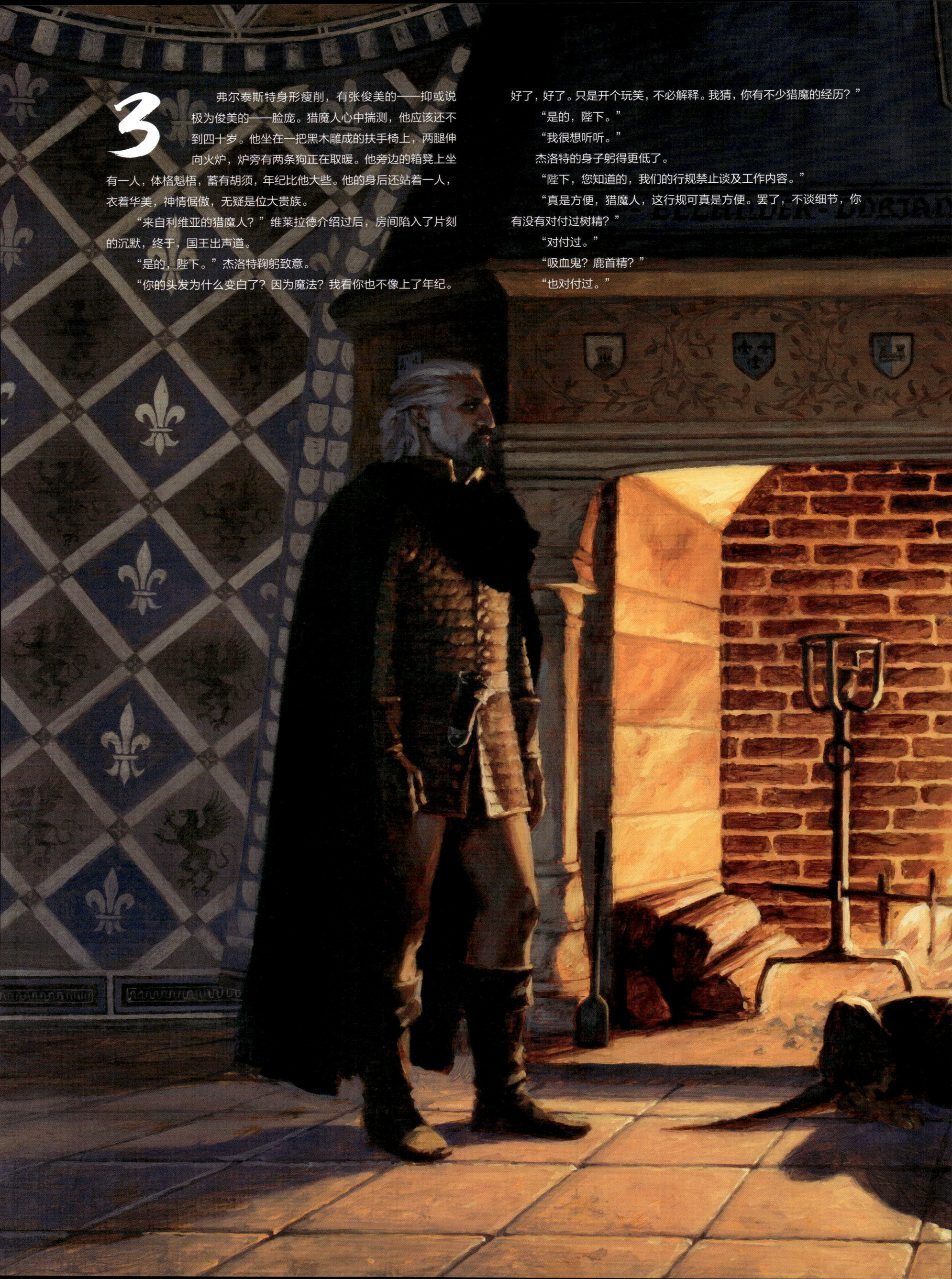

弗尔泰斯特身形瘦削，有张俊美的——抑或说极为俊美的——脸庞。猎魔人心中揣测，他应该还不到四十岁。他坐在一把黑木雕成的扶手椅上，两腿伸向火炉，炉旁有两条狗正在取暖。他旁边的箱凳上坐有一人，体格魁梧，蓄有胡须，年纪比他大些。他的身后还站着一人，衣着华美，神情倨傲，无疑是位大贵族。

"来自利维亚的猎魔人？"维莱拉德介绍过后，房间陷入了片刻的沉默，终于，国王出声道。

"是的，陛下。"杰洛特鞠躬致意。

"你的头发为什么变白了？因为魔法？我看你也不像上了年纪。好了，好了。只是开个玩笑，不必解释。我猜，你有不少猎魔的经历？"

"是的，陛下。"

"我很想听听。"

杰洛特的身子躬得更低了。

"陛下，您知道的，我们的行规禁止谈及工作内容。"

"真是方便，猎魔人，这行规可真是方便。罢了，不谈细节，你有没有对付过树精？"

"对付过。"

"吸血鬼？鹿首精？"

"也对付过。"

弗尔泰斯特迟疑了片刻。

"那……吸血妖鸟呢？"

杰洛特抬起头，迎上国王的目光。

"也对付过。"

弗尔泰斯特移开视线。

"维莱拉德？"

"在，陛下。"

"你有没有告诉他内情？"

"说了，陛下。他说公主身上的诅咒可以解除。"

"这我早就知道了。但你要怎么做呢，猎魔人？啊，我怎么忘了，行有行规。罢了。不过我要提醒你一点。之前已经有几个猎魔人来找过我。维莱拉德，你告诉他了吗？很好。从他们口中我也知道了，相比解咒，你们更擅长的是杀戮。这点想都别想。若我女儿掉根头发，我就把你的脑袋挂到树上。好，该说的我都说完了。奥斯崔特，还有你，塞格林爵士，你们留下，把他想要的信息都告诉他。他们猎魔人总是问个没完。招待他些吃的，安排他在宫里住下。别让他去旅店乱逛。"

国王起身，嘬哨唤狗，朝门口走去，鞋子带起房间地板上铺盖的稻草。行至门边，他回过身来。

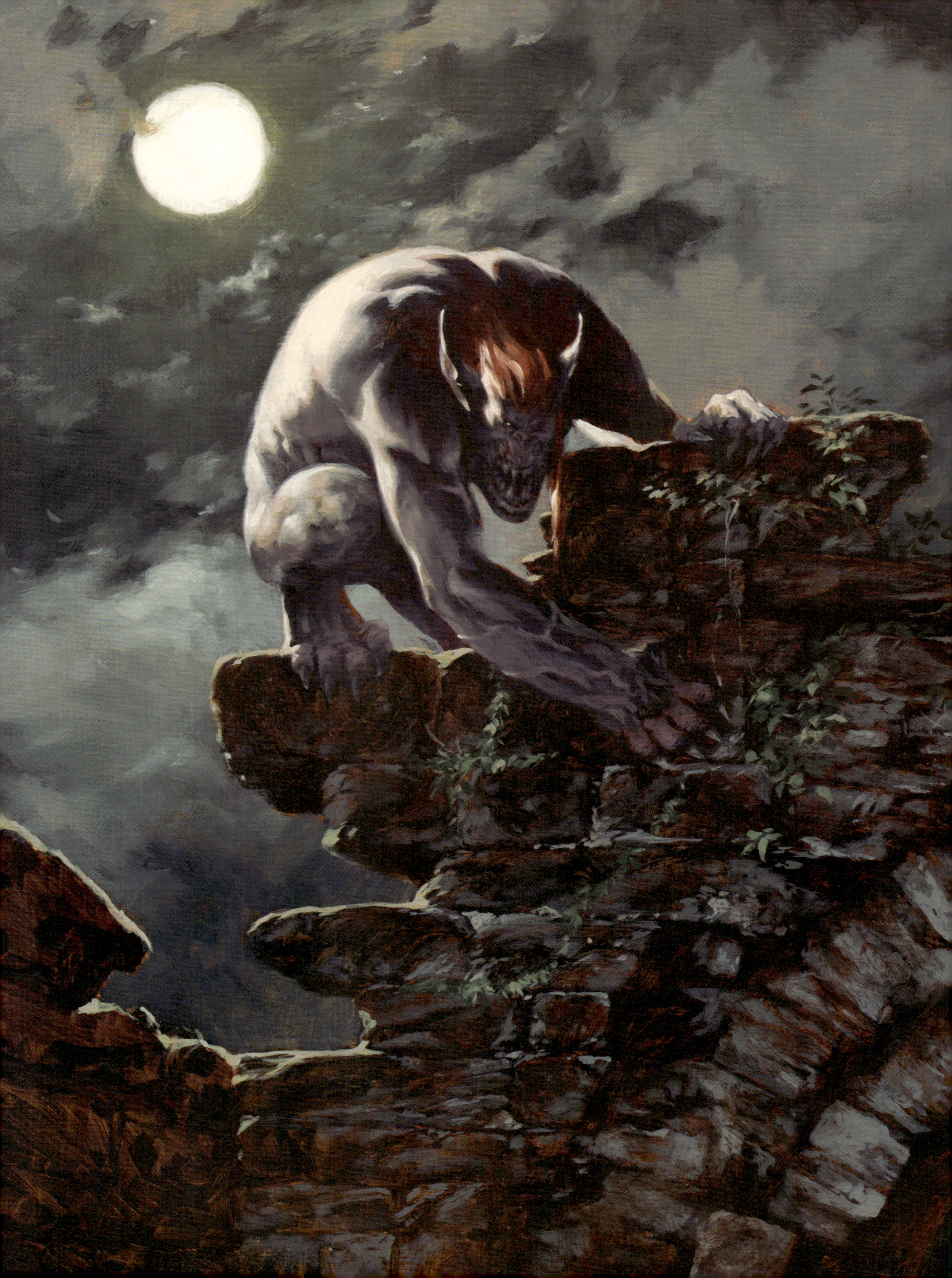

"猎魔人，办成这事，赏金就是你的了。若你干得漂亮，我还可以追加奖赏。当然，那群愚民嘴里什么会许配公主一类的话都是胡说。你不会以为，我会把女儿嫁给一个来历不明的陌生人吧？"

"没有，陛下，我没这么想过。"

"很好。这证明你是个聪明人。"

弗尔泰斯特离开时关上了身后的门。方才一直站着的维莱拉德和那大贵族立马坐到了桌旁。城督将国王剩下的半杯酒一饮而尽，瞧了眼酒壶，咒骂一声。奥斯崔特坐上了弗尔泰斯特的椅子，两手抚摸雕饰精美的扶手，满面狐疑地盯着猎魔人。满脸络腮胡的塞格林冲杰洛特点了点头。

"坐吧，猎魔人，快坐。晚饭马上就来。你想聊什么？维莱拉德城督应该已经把一切都告诉你了。我很了解他，他这人一向是知无不言，言无不尽。"

"我只想问几个问题。"

"说吧。"

"城督大人说，妖鸟出现后，国王找来了很多'贤者'。"

"是有这回事。但听好了，我们从不说'妖鸟'，而是说'公主'。免得在国王面前说错话……遭受无妄之灾。"

"那些'贤者'中有没有名气大些的？叫得上名来的？"

"无论是当时，还是之后，来的人里都有名气大的。我是不记得那些人叫什么了……你呢，奥斯崔特大人？"

"我也不记得。"大贵族说道，"但我肯定，有几人名气颇大、备受赞誉。人们常提到他们。"

"那他们是不是达成了共识，认为诅咒可以解除？"

"他们在所有问题上都远谈不上达成共识，"塞格林笑道，"唯独在这件事上，他们的观点却出奇一致。我没听错的话，方法很简单，甚至都用不着魔法，只要有人在地宫的石棺旁过一夜，从傍晚待到鸡鸣三声时，诅咒就解除了。"

"可真是简单。"维莱拉德冷哼一声。

"我想听听……公主长什么样子？"

维莱拉德从椅子上跳起。

"公主长得像吸血妖鸟！"他嚷道，"是我听过长得最像妖鸟的

妖鸟！那位国王的掌上明珠、被诅咒的私生女足有四厄尔高，身子像个大号酒桶，咧到耳朵边上的大嘴里满是匕首似的尖牙，还有双血红的眼睛和乱成一团的红发！她的爪子像山猫爪一样锋利，一直垂到地上！我倒纳闷，我们怎么还不把她的画像寄给各个盟国的王室！那天杀的公主现在已经十四岁了，早该考虑把她嫁出去了！"

"慎言，城督大人。"奥斯崔特眼睛瞥向房门，皱眉道。

塞格林露出一丝笑容。

"他这番描述虽不全面，但相当精准，而精准正是你这位猎魔人所看重的，不是吗？维莱拉德忘了告诉你，公主的动作十分迅捷，快到令人难以置信，而且力大无穷，能够爆发出远超自己体格的力量。她也的确长到了十四岁。这些信息应该对你有用。"

"非常有用。"猎魔人说道，"她是不是只在月圆之夜袭击人？"

"没错。"塞格林答道，"如果袭击发生在旧宫殿外，的确如此。如果是在宫内，不论月相如何，总会有人死于非命。不过她只在月圆时离开宫殿，而且也不是每次都离开。"

"有没有出现过白天袭击人的意外情况？"

"没有。白天从没发生过袭击事件。"

"她总是吃掉受害者？"

维莱拉德恶狠狠地冲着稻草啐了口口水。

"杰洛特，拜托，马上开饭了。呸！囫囵吞掉、咬成碎块、留个全尸，各种情况都有，全看她的心情。有个人只被啃掉了脑袋，有几人被她开膛破肚，还有几人被舔了个一干二净，可以说连渣都不剩。操他妈的！"

"够了，维莱拉德。"奥斯崔特咬牙切齿道，"随你怎么说那妖鸟，但是别在我面前侮辱阿妲，在国王面前时你可不敢这么放肆！"

"被袭击的人里有没有幸存者？"猎魔人似乎没注意到大贵族激动的情绪，继续问道。

塞格林和奥斯崔特对视了一眼。

"有。"塞格林说道，"六年前，一切刚开始时，她袭击了在墓室岗哨站岗的两个士兵，其中一人侥幸逃了。"

"后来，"维莱拉德插话道，"一个在城郊遇袭的磨坊主也活了下来。你们都忘了？"

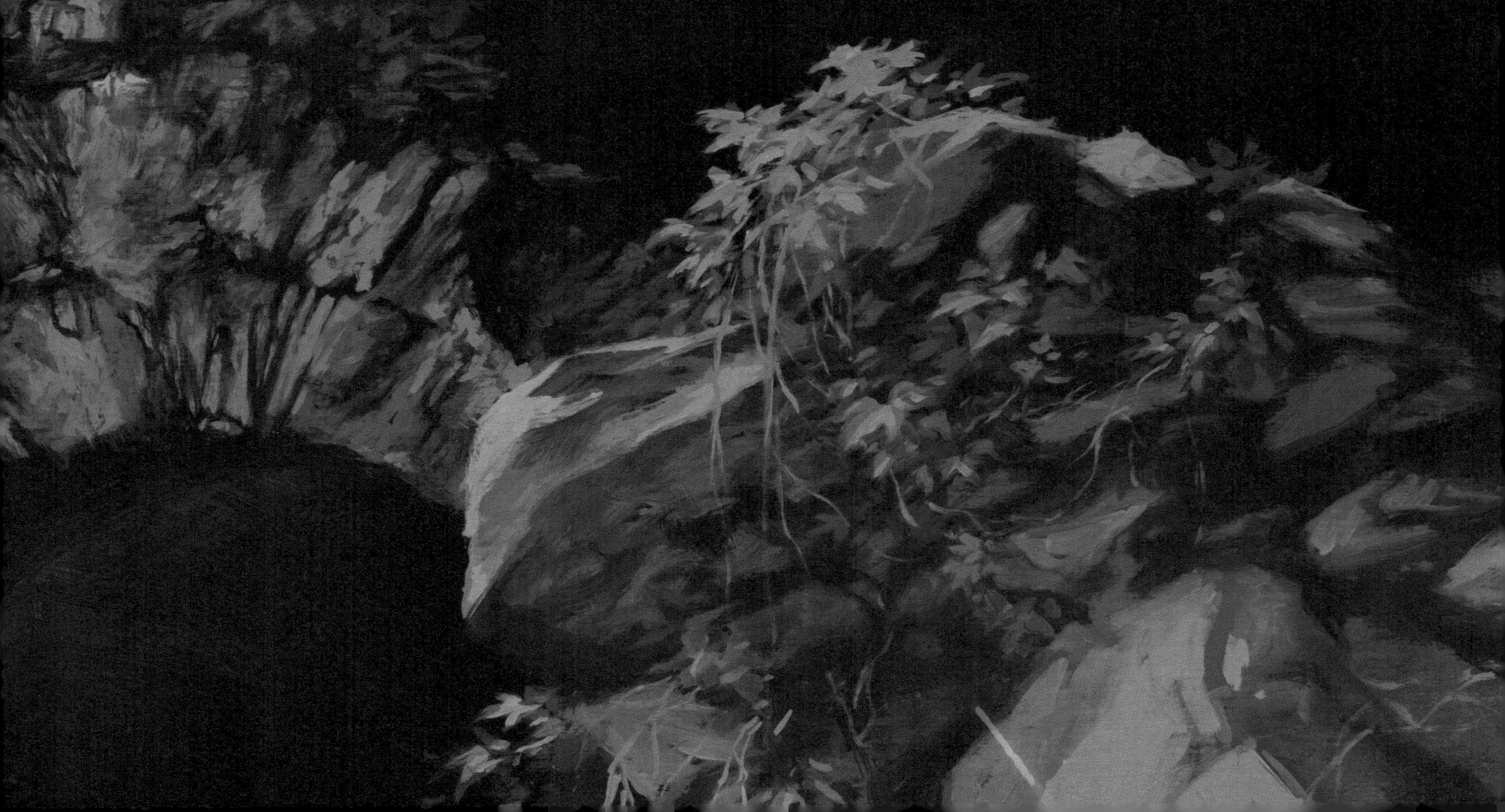

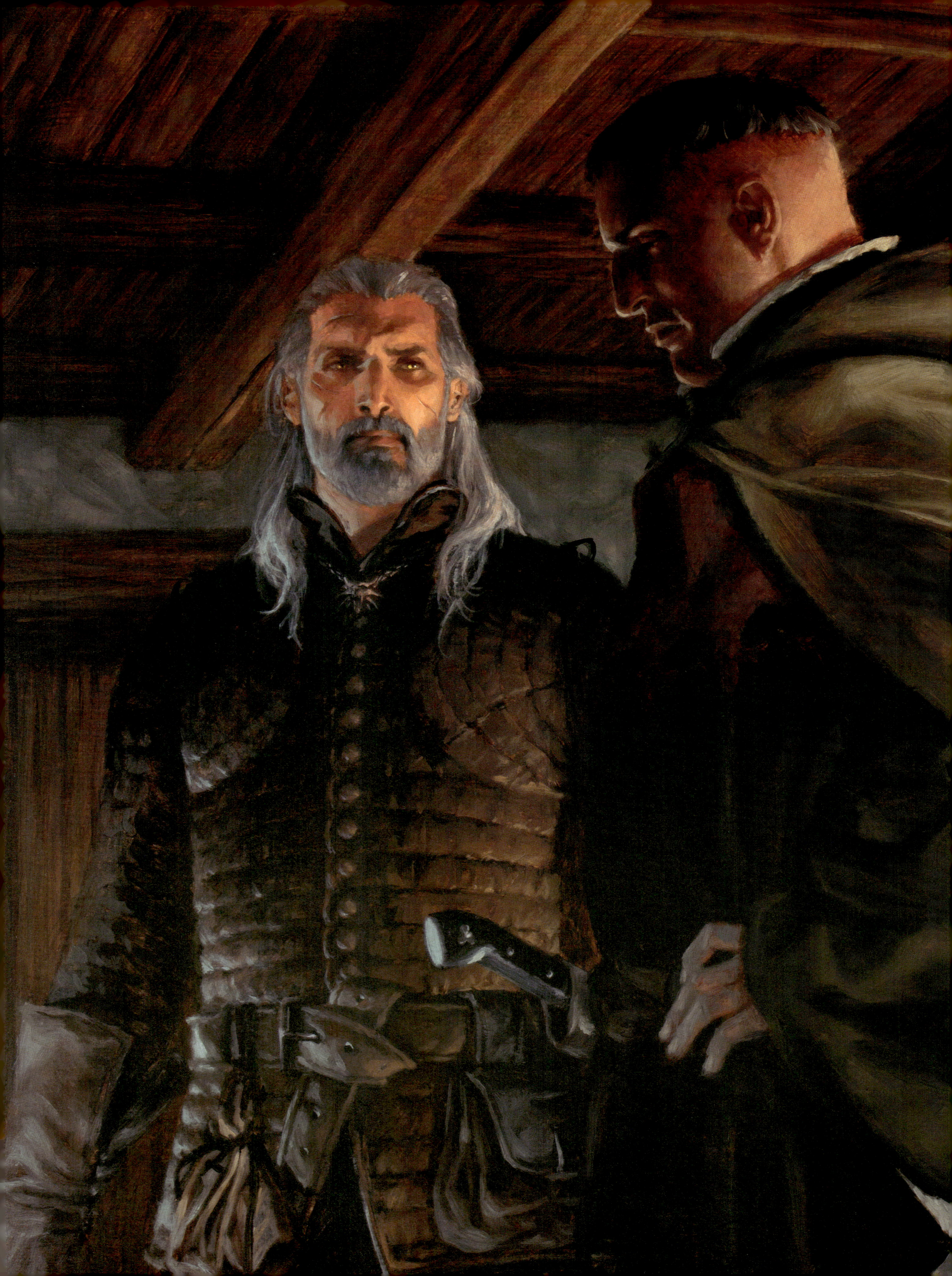

4

次日深夜,磨坊主被带到了守卫室楼上猎魔人下榻的小房间里。带他来的是个身披斗篷、头戴兜帽的士兵。

谈话没有让猎魔人获得更多结论。磨坊主被吓傻了,说话结结巴巴、颠三倒四。他的伤疤却透露出更多信息:妖鸟两颗的间距大到惊人,牙齿异常锋利,有四颗极长的上颌尖牙,左右各两颗。她的爪子无疑要比山猫爪更为锋利,但不如后者弯曲。不过,正因如此,磨坊主才能逃出生天。

查看完伤疤后,杰洛特向磨坊主和士兵点点头,示意他们离开。士兵一把将磨坊主推出门去,而后脱下了兜帽。这人竟是弗尔泰斯特本人。

"不必起身,坐着就行。"国王说道,"我是私下来的。调查结果满意吗?我听说,你上午去过旧宫殿。"

"是的,陛下。"

"你打算什么时候行动?"

"四天后是月圆之夜。要等那晚过后。"

"行动前,你不想亲眼看看她?"

"没那个必要。毕竟,等……公主……吃撑了,她的动作才会迟缓些。"

"妖鸟,大师,是妖鸟。在我面前,你不必藏着掖着。但她很快会变回公主,我也正是为此而来。直截了当地回答我吧:她会不会变回来?别想用任何行规来搪塞我。"

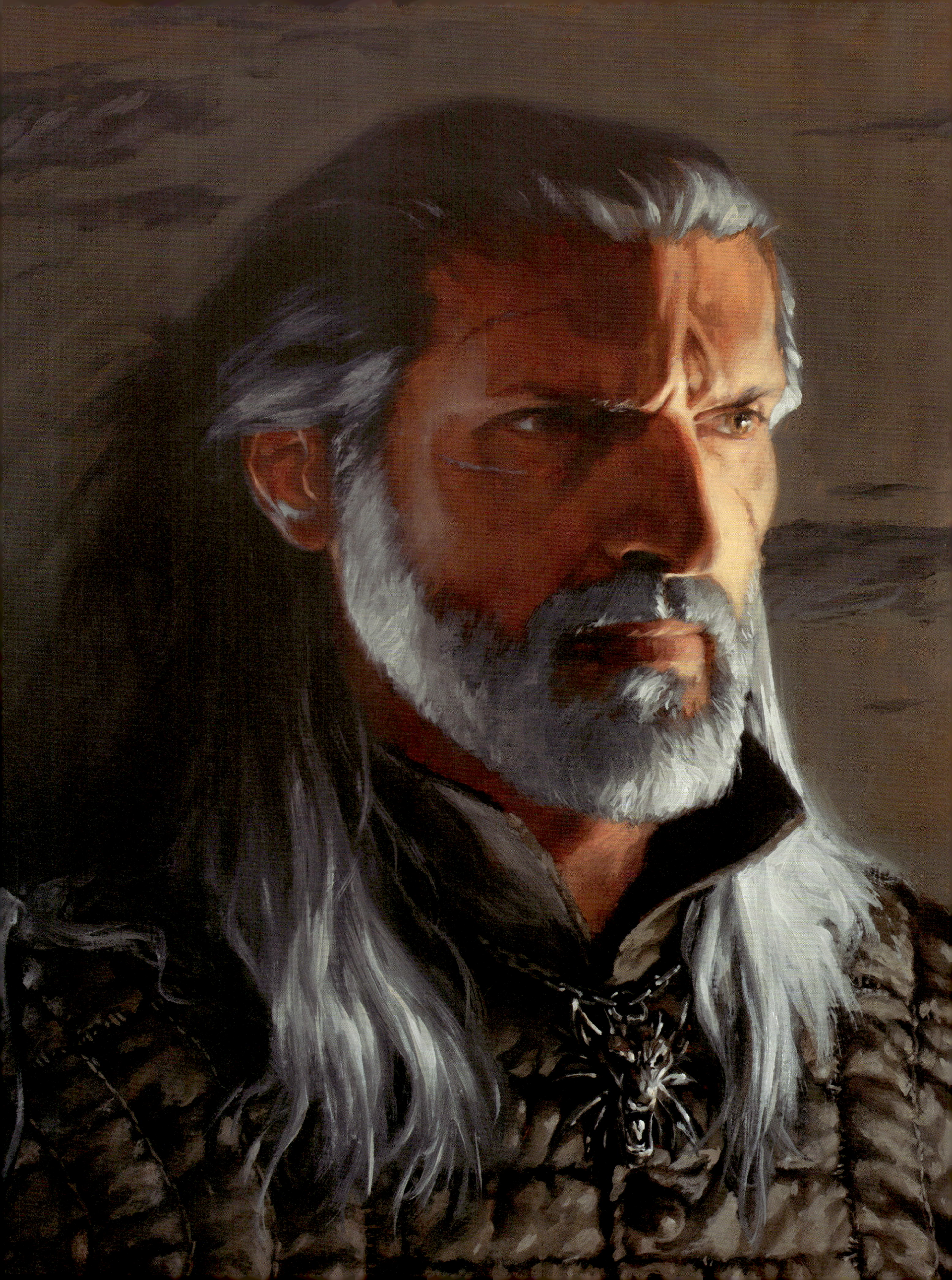

杰洛特揉了揉额头。

"陛下，我确定那诅咒可以解除。若我不犯任何错，在宫殿里撑过一整晚，鸡鸣三声后，只要妖鸟还在石棺外，诅咒便会解除。这是对付吸血妖鸟的惯用方法。"

"这么容易？"

"这并不容易。首先，要活过一整夜。也有可能遇到反常的情况，比方说不是一晚，而是三晚。其次，也存在……诅咒无法解除的……妖鸟。"

"哼！"弗尔泰斯特不耐烦道，"这话我都快听出茧子了。有些人一直喋喋不休：杀了那怪物吧，她的诅咒是无法解除的。大师，我敢肯定，他们已经找你谈过了。他们能说什么？别用魔法，直接砍死那吃人的怪物，只管告诉国王，除此之外别无他法，国王不会付钱，但我们会。这一计既省事，还不用付出任何成本，因为国王会命人将猎魔人斩首或绞死，钱自然会留在他们的口袋里。"

"国王真会命人砍了猎魔人的脑袋？"杰洛特苦脸道。

弗尔泰斯特盯着利维亚人的眼睛看了一阵。

"国王不知道。"终于，他开口道，"但猎魔人最好考虑到这种可能。"

杰洛特沉默片刻。

"我会竭尽全力。"他说道，"但如果情况不对，我会选择保命。陛下，您也要考虑到这种可能。"

5

杰洛特最后一次透过宫殿的窗户向外望去。暮色来得很快。湖对岸,维吉玛城朦胧的灯光忽隐忽现。宫殿周围是一圈无人踏足的荒地。整整六年,维吉玛城凭此与那片不祥之地隔绝开来,上面仅余几处废墟、几根朽坏的柱顶和数道残损的木栅栏,它们看上去毫无价值,全然不值得拆掉带走。最远处,在城市另一边的尽头,坐落着国王新修的行宫。深蓝色的天幕下,宫殿的圆塔正缓缓被暮色吞噬。

猎魔人回到落满灰尘的一张桌子前,从容、沉着、小心翼翼地做着准备。和其他房间一样,这房间空空荡荡,早已被洗劫一空。他知道时间还很充裕。午夜之前,妖鸟不会离开墓室。

他身前的桌上摆有一个小巧精致、金属加固的箱子。他打开了它。小箱子的内部有些拥挤,垫有干草的小格子中放满了深色玻璃的细嘴瓶。猎魔人从中取出三个。

他从地上捡起一个细长的包裹,包裹外裹有一层厚厚的羊皮,以皮带紧紧捆扎。他解开包裹,从黑色的剑鞘中抽出一把长剑。长剑的剑柄纹饰精美,闪闪发亮的剑鞘上布满了一排排卢恩符文,纯银打造的剑刃如明镜般流动着寒光。

杰洛特轻声吟诵一句咒语,将两个小瓶中的东西依次喝了下去。

每喝一口,他便用左掌抚按剑身。随后,他周身裹紧黑色斗篷,席地而坐。房间里没有任何椅子,整座宫殿中都找不到一把。

他双目紧闭,一动不动地坐着;起初平稳的呼吸陡然变得急促、沙哑、不安,继而完全停止。他服下的合剂能帮猎魔人完全控制身体所有器官的运转,主要成分是藜芦、曼陀罗、山楂与大戟,其他的成分则在任何一种人类语言中都找不到对应的名称。对那些不像杰洛特一样自小已习惯了药性的人来说,它极可能是致命的毒药。

猎魔人猛然回头。他的听觉现在无比敏锐,轻易便从寂静之中捕捉到了庭院茂盛的荨麻丛中窸窣的脚步声。不可能是妖鸟,因为对妖鸟来说,那脚步声太过明显。杰洛特将长剑负在身后,把自己的行李藏入废弃壁炉的炉膛,如蝙蝠般悄无声息地跑下楼梯。

庭院中的光线仍足以让来人看清猎魔人的脸。那人——是奥斯崔特——猛然后退,下意识地露出惊惧的神色与厌恶的表情。猎魔人冷冷一笑——他知道自己现在看上去是什么样子。服用由颠茄、乌头和小米草制成的合剂后,他的脸色变得如石膏般惨白,扩大的瞳孔占据了整个虹膜。但这药剂能让他在最深的黑暗中视物辨色,而这正是杰洛特所需要的。

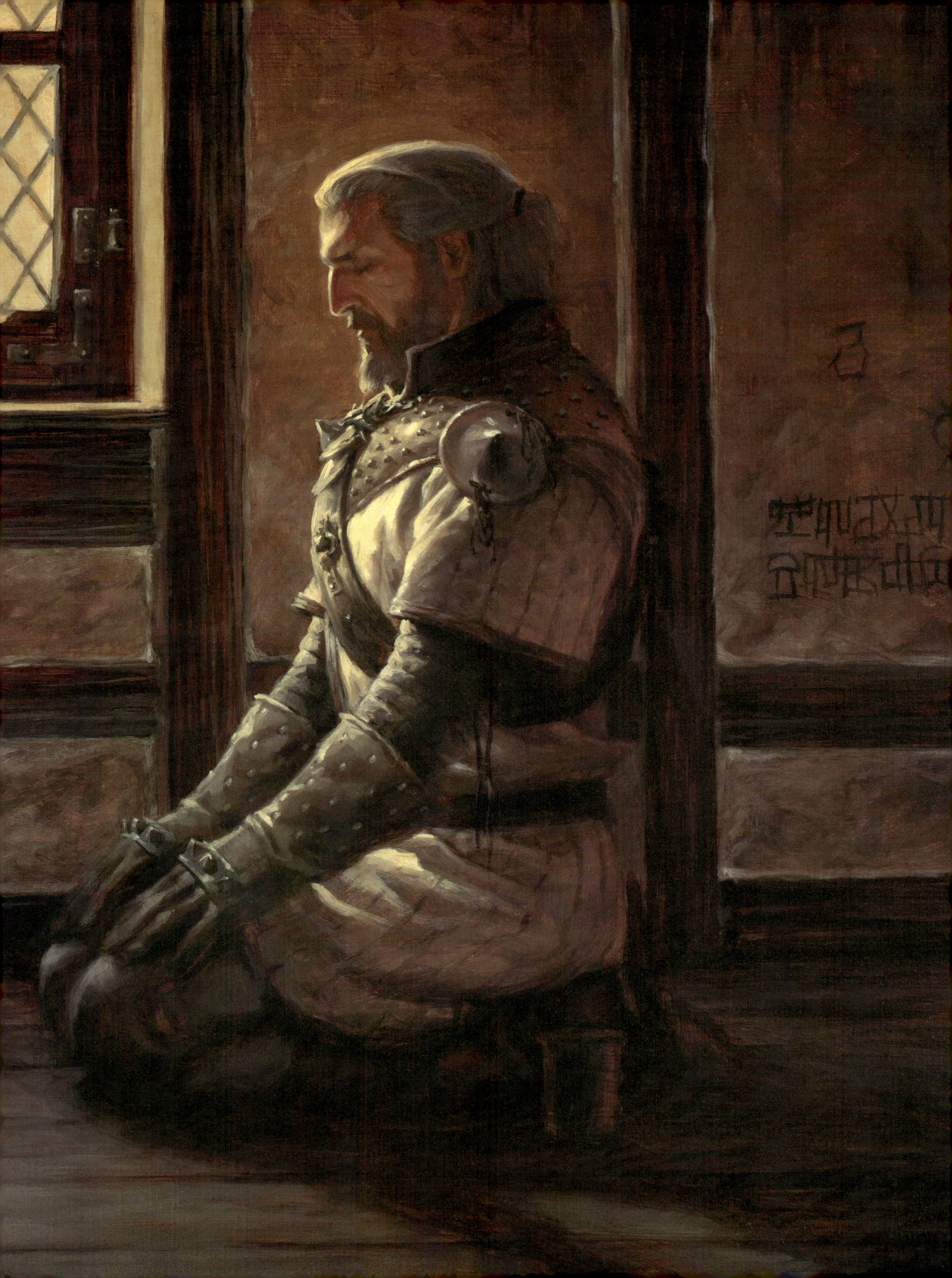

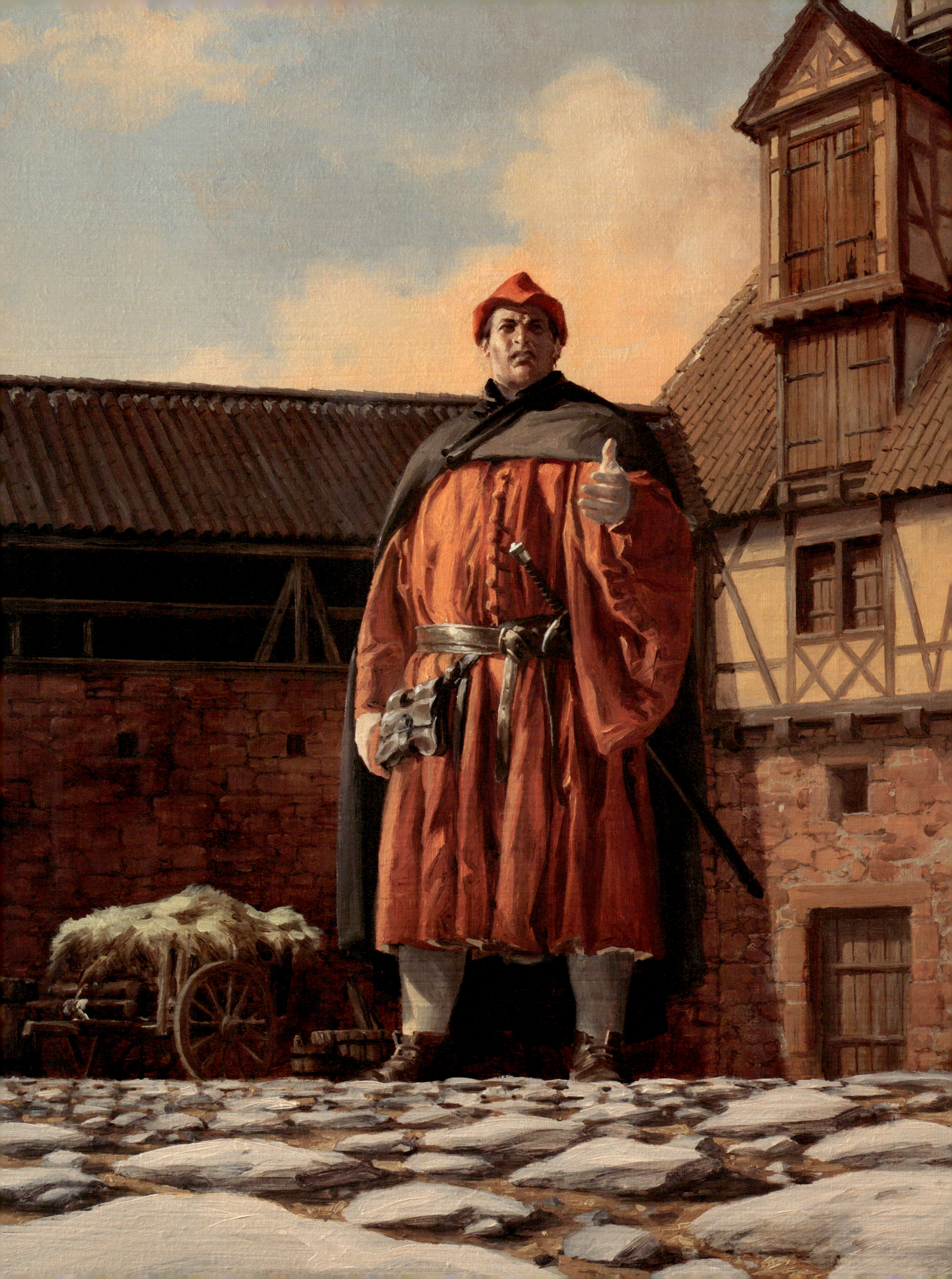

奥斯崔特很快冷静了下来。

"猎魔人,你看上去跟个死人没什么两样。"他说道,"一定是被吓的。别害怕。我来救你了。"

猎魔人没有答话。

"没听到我说什么吗,利维亚骗子?你得救了。还发财了。"奥斯崔特掂了掂手中的大钱袋,把它扔到了杰洛特的脚下,"里面有一千奥伦。拿上它,骑上马,赶紧滚蛋!"

利维亚人仍旧一言不发。

"别瞪着你的大眼珠子看我!"奥斯崔特大嚷道,"也别浪费我的时间。我可不打算在这儿站到半夜。还没听明白?我不希望你解除诅咒。不,别以为你猜对了。我和维莱拉德、塞格林他们可不是一伙的。我不希望你把她杀了。你需要做的事情很简单,就是离开这儿,让一切保持原状。"

猎魔人没有动。他不想让面前的贵族察觉到,此刻自己的动作和反应有多迅速。天黑得很快,这倒是件好事,因为即便是昏暗的暮色,对他放大的瞳孔而言也太过刺眼。

"可是大人,为什么要让一切保持原状呢?"他努力控制语速,慢慢说出每一个字。

"至于理由,"奥斯崔特高傲地昂起头,"完全轮不到你来操心。"

"如果我已经知道了呢?"

"有意思,说来听听。"

"如果妖鸟更加频繁地袭击平民,把弗尔泰斯特赶下王座不是指日可待?继续放任下去,国王的一意孤行早晚会彻底激怒贵族和平民,不是吗?来这儿的路上我经过了瑞达尼亚和诺维格拉德。那儿很多人都在说,有些维吉玛人将维吉米尔国王视为救世主和真正的君王。不过,奥斯崔特大人,我既不关心政治,也不关心王位的继承,更不关心宫廷政变。我来这儿是为了完成委托。你难道从没听说过什么叫恪尽职守、言而有信?从没听说过什么叫职业道德?"

"注意你是在跟谁说话,臭流浪汉!"奥斯崔特手握剑柄,怒吼道,"我受够了,想和我争论,不掂量掂量自己是谁!瞧瞧,是谁在满口道德、行规、操守?是刚到这儿就杀了好几个人的恶棍?是当着弗尔泰斯特的面卑躬屈膝,转头就背着他和维莱拉德做交易的骗子?狗奴才还胆敢在我面前放肆!你以为你是谁?贤者?法师?术士?你不过是个无耻的猎魔人!赶紧滚,别等我拔剑削了你的狗嘴!"

猎魔人纹丝未动,只是静静站着。

"该走的人是你,奥斯崔特大人。"他说道,"天要黑下来了。"

奥斯崔特后撤一步,迅速拔出长剑。

"这是你自找的,猎魔人。我要杀了你。你的那些把戏派不上任何用场。我随身带着龟石。"

杰洛特笑了笑。龟石具有抵抗魔力的说法在普通人中广为流传,但那不过是个谣言。猎魔人既不打算浪费力气施放法咒,更不打算与奥斯崔特剑刃相撞,徒增银剑受损的风险。他俯身避过砍来的利刃,小臂轻挥,袖口的银铆钉不偏不倚地打在了贵族的太阳穴处。

6

奥斯崔特很快恢复了意识。他看了看周围，到处是伸手不见五指的漆黑。紧接着，他发现自己被绑了起来。他没有看到站在身旁的杰洛特，但马上意识到了自己身处何地，随即发出一声长长的、可怕的尖叫。

"别叫了。"猎魔人说道，"这样你会把她提前引出来。"

"该死的杀人魔！你在哪？混账东西，快给我松绑！我要吊死你，狗娘养的！"

"安静点。"

奥斯崔特不停喘着粗气。

"你把我绑成这样，是要拿我来喂她？"他小声问道，不忘用近乎耳语的声音咒骂一句。

"不。"猎魔人道，"我会把你放了。现在还不到时候。"

"你这混蛋！"奥斯崔特咬牙切齿道，"你想拿我引开妖鸟？"

"没错。"

奥斯崔特安静了下来。他不再挣扎，静静躺在地上。

"猎魔人？"

"我在。"

"没错，我是想要废了弗尔泰斯特。这样想的不止我一个。不过，我却是唯一想要他死的人。我想要他痛不欲生，让他发疯，让他活生生地腐烂掉。你知道是为什么吗？"

杰洛特沉默不语。

"我爱阿妲。就算她是国王的妹妹、国王的情人、国王的妓女，我都一直爱着她……猎魔人，你还在吗？"

"我在。"

"我知道你在想什么，但事实不是那样的。相信我，我从没有下过任何诅咒。我什么魔法都不懂。只有一次，我气昏了头，就说……只有那一次。猎魔人，你在听吗？"

"我在听。"

"是他的母亲，老王后，一定是她。她无法忍受他和阿妲……不是我。我只有那一次，那时我想要劝说阿妲，可她……猎魔人！我气昏了头，就说……猎魔人，是我吗？一切都是因为我？"

"现在说这些已经失去了意义。"

"猎魔人，快到午夜了吗？"

"快了。"

"求你早点放了我吧。多给我点时间。"

"不行。"

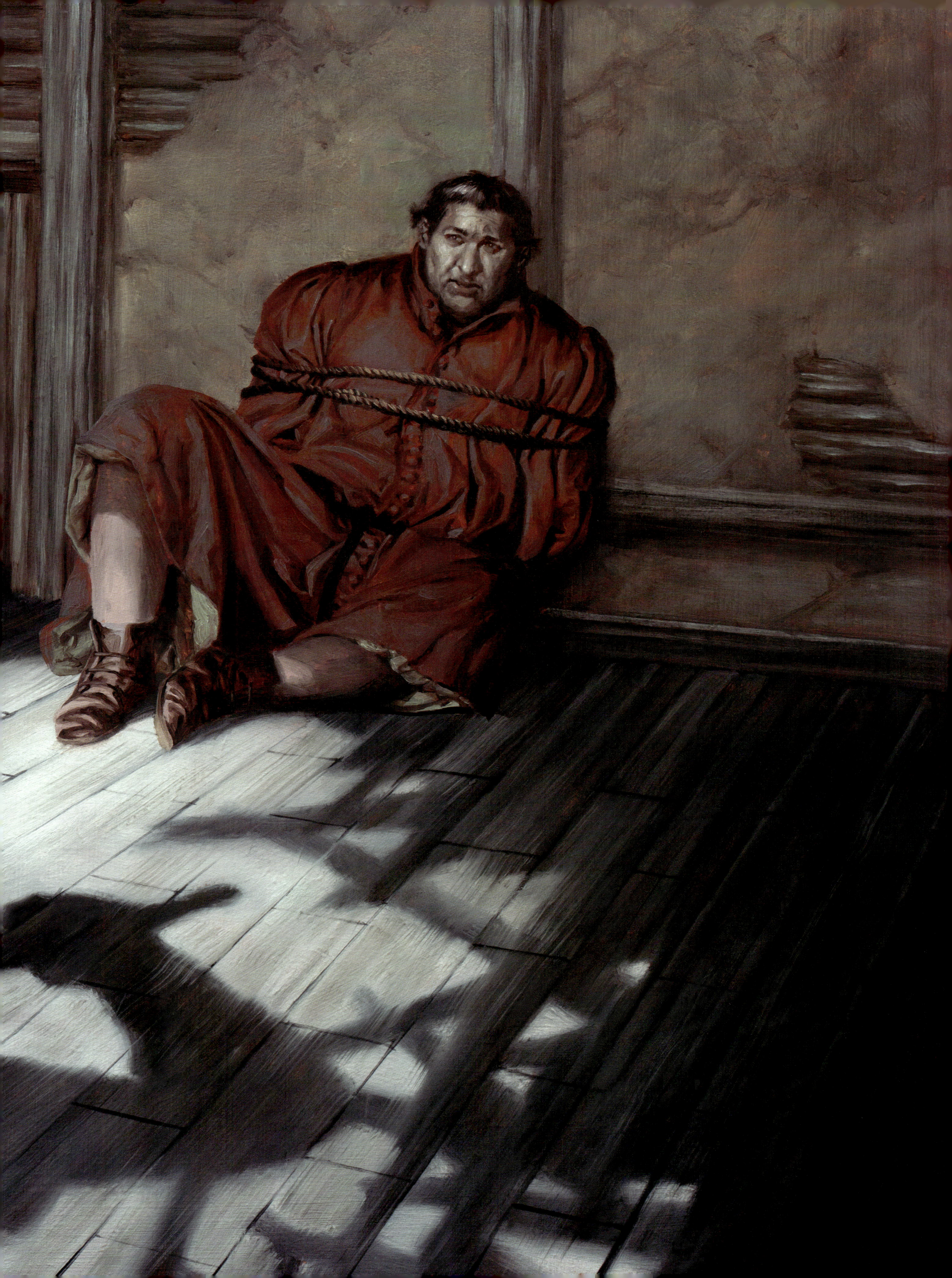

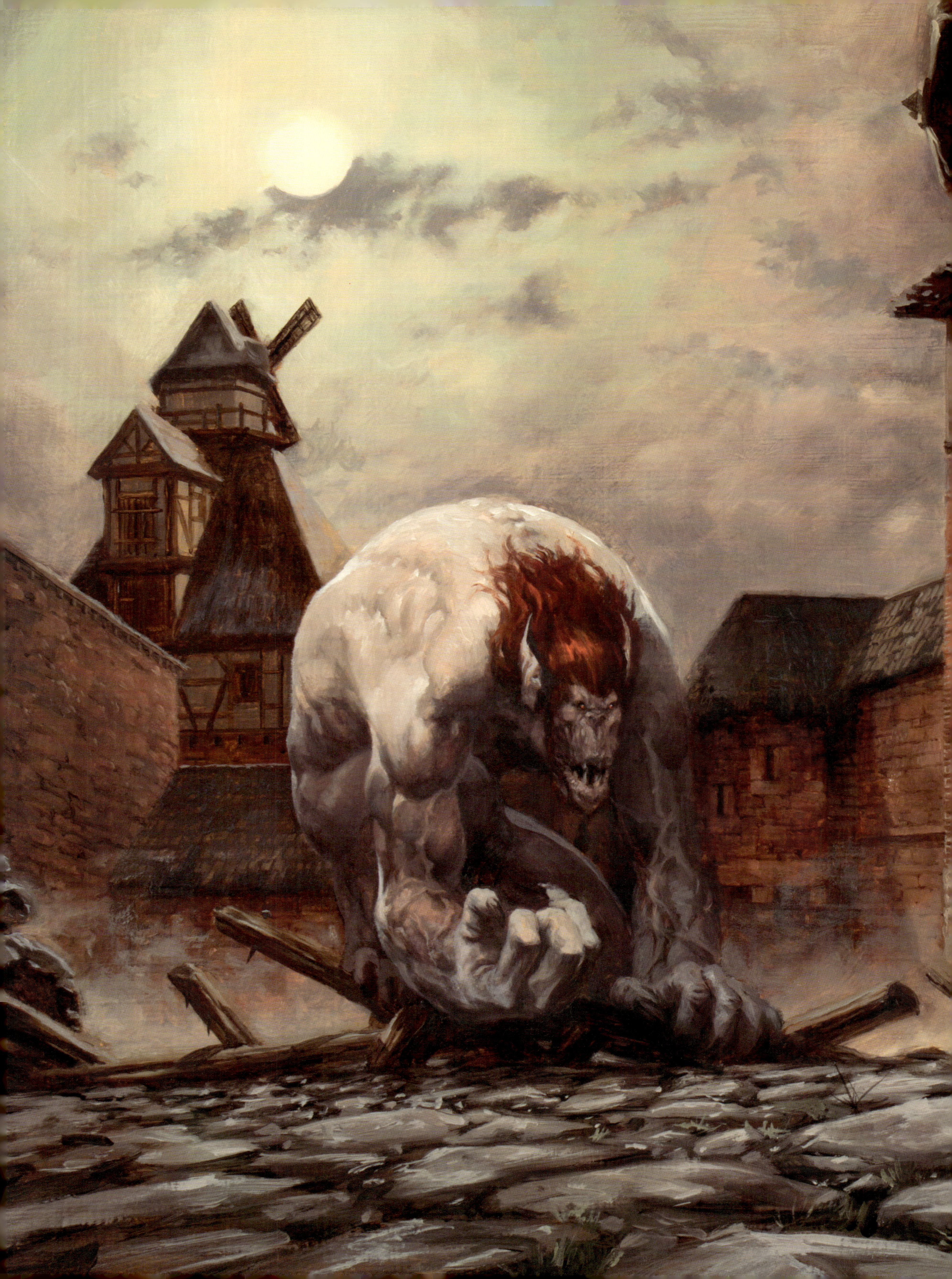

奥斯崔特没有听到棺盖移开的刮擦声,但猎魔人听到了。他俯下身,拿匕首割断了奥斯崔特身上的绳子。未等他开口,奥斯崔特急忙起身,拖着麻木的双腿,跟跟跄跄跑了出去。他的眼睛已经适应了黑暗,足以让他看清大厅通往门口的路线。

"砰"的一声巨响,封盖墓室入口的石板突然离地而起,落至一旁。小心翼翼躲在楼梯栏杆后的杰洛特看到了妖鸟畸形的身影。它迅速而精准地循着奥斯崔特那越来越远的急促脚步,飞也似的冲了出去。狂奔之时,妖鸟竟没有发出一丝一毫的声响。

一声恐怖、骇人、疯狂的尖叫撕裂了黑夜,令老旧的宫墙为之震动。那声音不绝于耳,时高时低,颤动不止。猎魔人无法准确地判断出距离——他太过敏锐的听觉容易产生错觉——但他知道,妖鸟很快就追上了奥斯崔特。快到出乎意料。

他走到大厅中央,站到了墓室入口处。他将斗篷脱下,丢到一旁,活动了下肩膀,调整好背后长剑的位置,往上拽了拽手套。还剩一点时间。他很清楚,在刚过不久的月圆之夜,妖鸟已经吃得很饱,但她不会马上丢掉奥斯崔特的尸体。对她来说,心脏和肝脏是长时间休眠时的宝贵存粮。

猎魔人在静静等待。据他估算,还剩大概三个小时天才会亮,绝不能一味死等公鸡打鸣,毕竟,极有可能周围连一只公鸡都没有。

他听到了动静。她在地上拖着步子,缓缓走来。很快,他看清了她的样子。

此前的描述相当精准。她粗短的脖子上顶着一颗极不协调的硕大脑袋,上面长满卷曲缠结的猩红色乱发,双眼像红宝石般在黑暗中闪着凶光。她一动不动,死死盯着杰洛特。突然,她张开血盆大口——就像是在炫耀那一排排白森森的尖牙利齿——而后猛地咬合,发出的声音宛如箱盖合拢。下个瞬间,她不经助跑,直接原地腾起,血淋淋的利爪冲猎魔人凌空抓下。

杰洛特闪至一旁,单脚为轴,飞快旋身。妖鸟与他擦身而过之际,竟也扭转身体,利爪顺势抓扑。一爪抓空,她非但没有失去平衡,反而立刻回身再攻,尖齿在杰洛特胸前咬了个空。利维亚人跳躲开来,接连三次飞速旋身,每次方向变换不同,使得妖鸟晕头转向。跳躲之际,他趁势挥拳,纵未抢臂蓄力,镶在手套背面指关节处的银钉还是重重打到了她脑袋一侧。

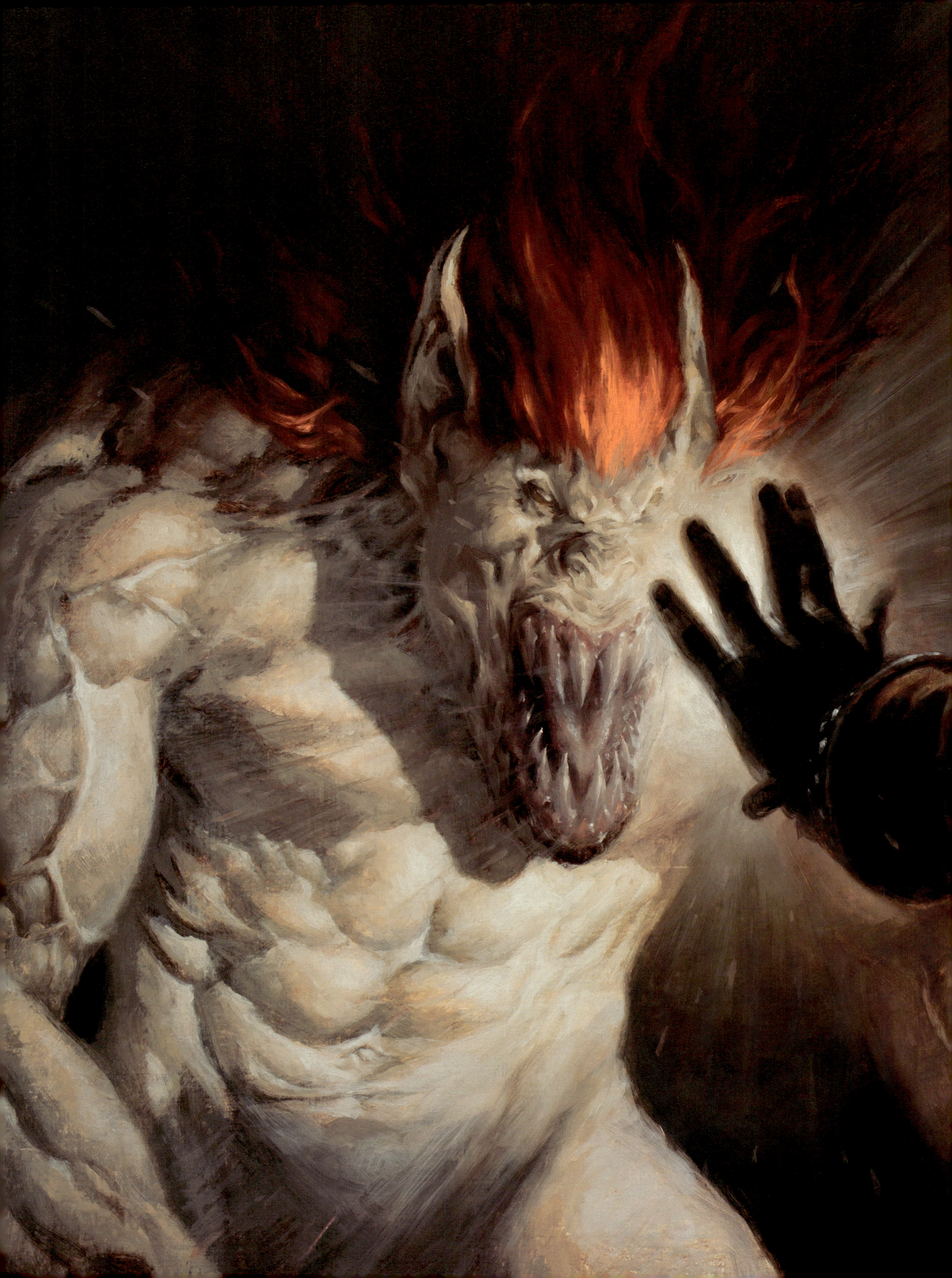

妖鸟发出一声恐怖的咆哮，整座宫殿里回荡起隆隆的回声。紧接着，她跌倒在地，动弹不得，开始发出空洞、憎恨、愤怒的哀嚎。

猎魔人露出一抹狞笑。如他所愿，首次尝试非常成功。与大多数因诅咒诞生的怪物一样，妖鸟可以被银器斩杀。他心里有了底：若这怪物与其他妖鸟一般无二，那她的诅咒极有可能顺利解除，如若不然，陷入绝境时，背后的银剑也可以保他性命。

吸血妖鸟并不急于再次进攻。她缓缓逼近，恶心的涎水不断从龇出的獠牙上滴落。杰洛特斜行退步，落足时小心翼翼，走了一个半圆。他的动作时缓时快，引得妖鸟无法集中，难以起跳。移步之际，猎魔人解开了一条细长结实、末端挂着重物的链子。那长链也是纯银打造。

就在妖鸟周身拱起、腾空高跃的一瞬，长链在空中"咻咻"作响，如长蛇般蠕蠕而动，眨眼间便缠住了怪物的肩颈和脑袋。妖鸟口中发出震耳欲聋的啸叫，从半空重重摔落。她满地打滚，咆哮不止，不知是出于愤怒，还是由于那可恶金属带来的灼痛。杰洛特很是满意——此时此刻，只要他想，便可以杀死这只妖鸟。然而猎魔人没有拔出长剑。

目前为止，从这妖鸟的反应来看，并没有任何迹象表明她身上的诅咒无法解除。杰洛特退到合适的距离，屏气凝神，眼睛死死盯着在地上翻来滚去的怪物。

长链进裂开来，无数银环宛如漫天雨点散落四方，在石地上激起一阵银铃般的脆响。怒不可遏的妖鸟疯狂咆哮，不顾一切地向猎魔人冲去。杰洛特从容不迫，右掌抬起，迅速在身前画出阿尔德法印。

妖鸟如被巨锤砸中一般，向后飞出数步，但她很快站稳，伸出利爪，龇出獠牙。她的头发飘起，向后剧烈摆动，宛如是在逆着狂风前行。她喘着粗气，一步一步，行走艰难且缓慢。然而，她的确是在靠近。

杰洛特心生不安。他并不指望一个简单的阿尔德法印就能完全压制妖鸟，但出乎意料的是，这怪物如此轻易便克服了阻碍。他没法长时间维持法印，那样太耗精力，而妖鸟距他已不足十步。他突然解除法印，跳至一旁。不出所料，大吃一惊的妖鸟向前猛冲，顷刻便失了平衡，跌倒在地，一路滑向洞开的墓室入口，顺着楼梯滚落下去。随即，穴底传来她那令人毛骨悚然的咆哮。

为争取时间，杰洛特跳上了通向楼座的楼梯。还未爬至一半，那妖鸟便如同黑色巨蛛般从墓室冲了出来。猎魔人待她追上楼梯，纵身而起，跃过栏杆跳了下去。妖鸟在楼梯上猛地转身，腾空一跃竟达十余米高，凌空扑杀下来。他的旋转身法已不能轻易迷惑住她——利维亚人的皮外套已被怪物利爪留下了两道抓痕。不过，他的反击同样凶狠至极，一拳猛地挥出，手套上的银钉再次重击妖鸟。那怪物被打退数步，跟跟跄跄，左摇右晃。怒火升腾的杰洛特身形摆动，后背弓起，冲着怪物侧身狠狠一脚，将她踹翻在地。

她发出的咆哮比以往任何一次都要响亮，震得天花板上的灰泥簌簌落下。

妖鸟猛地起身，无法遏制的怒火与杀戮欲望令她颤抖不止。杰洛特一直在等待。他已经拔出长剑，在空中挽起剑花，脚下施展步法，绕着妖鸟不停兜圈。他全神贯注，时刻保持手上剑招异于足下步调。妖鸟并未扑来，而是双眼紧随明晃晃的剑光，缓缓向他逼近。

杰洛特突然停下脚步，持剑而立，纹丝不动。妖鸟疑惑不解，也定在了原地。猎魔人的剑刃在空中缓缓画了个月牙，冲着妖鸟迈出一步。紧接着又是一步。步子刚落，他骤然跃起，飞快舞动举过头顶的长剑，向前斩去。

妖鸟身子一缩，以"之"字形向后逃离，杰洛特手中银剑寒光闪烁，再次欺身向前。猎魔人眼中凶光大盛，从紧咬的牙关中爆出一声嘶哑的怒吼。妖鸟被逼得连连倒退，面前的人类身上散发着浓烈的憎恨、愤怒与杀意，这力量如同大浪一般向她不断袭来，渗入她的大脑骨髓，透入她的五脏六腑。从未体会过的陌生感觉令她惊慌失措、痛苦不已，不禁发出一声颤抖而尖细的哀嚎。她原地打了个转，冲着一片漆黑、宛若迷宫的王宫长廊疯狂逃去。

杰洛特独自一人站在大厅中央，身体止不住地颤抖。他心想，让这悬崖边缘的战舞，让这疯狂又恐怖的搏命之舞起到预期的效果，着实费了不少工夫。战舞让他和对手达到了精神上的同步，感应到了她心中强烈的怨念。那邪恶、病态的意念所催生的力量，正是妖鸟诞生的根源。回想起方才将怪物恶念纳为己有，如镜子反射般还施彼身的瞬间，他仍不寒而栗。纵使是在因嗜杀成性而臭名远扬的巴西利斯克身上，他也从未感受过如此强烈的怨念与杀意。

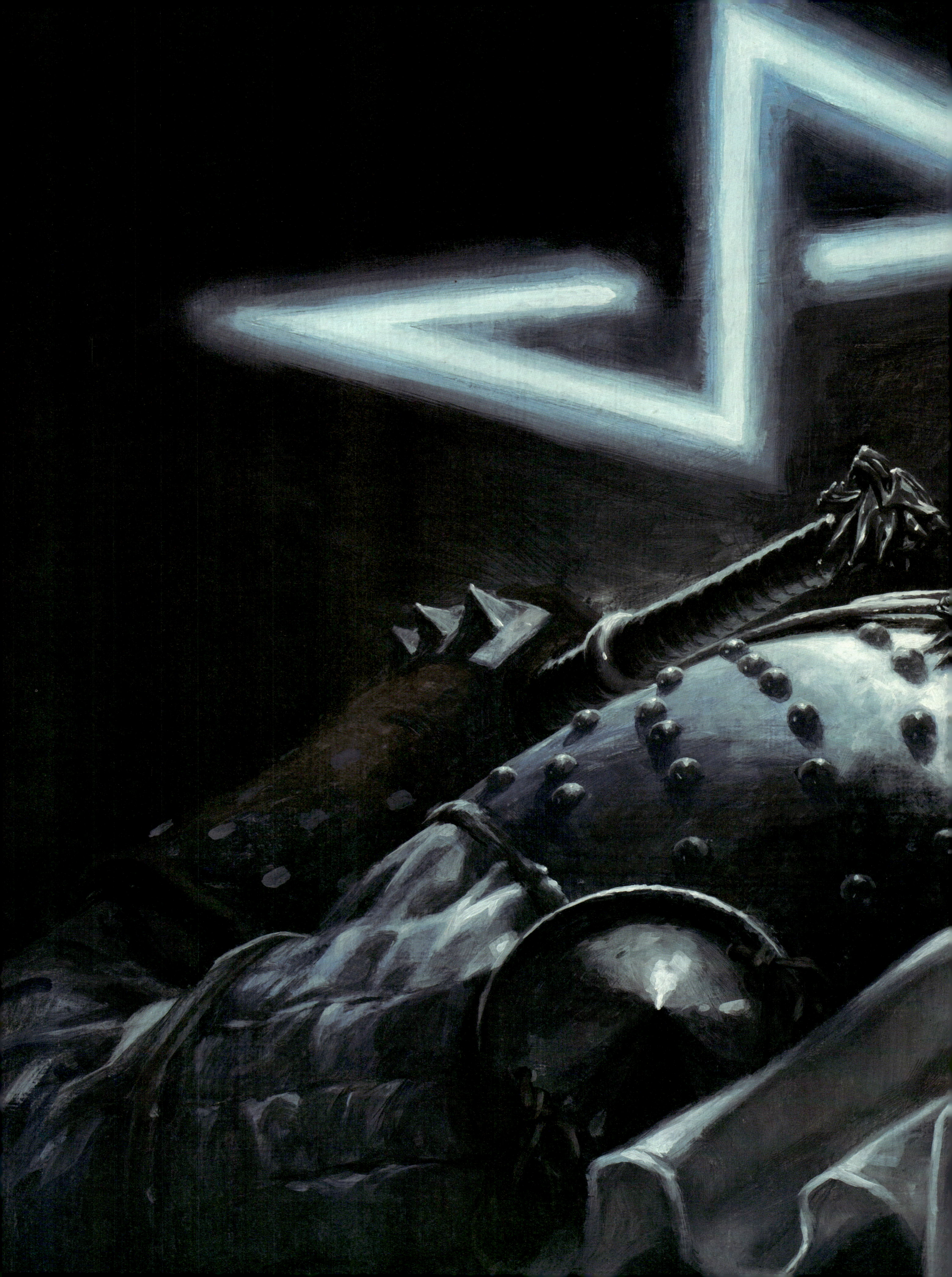

"这样反倒更好。"走向墓室入口时，他在心中暗想。地板上的入口分外漆黑，如同一个巨大的泥坑。这样反倒更好，怨念越深，妖鸟自身受到的打击便越重。在怪物镇定下来前，他也多了点时间采取下一步行动。猎魔人不禁怀疑，若再来一番死斗，他还能不能成功。炼金药剂的效果已经减弱，可距黎明还有很久。曙光到来前，决不能让妖鸟回到墓室，否则迄今为止所做的努力都将付之一炬。

　　他走下楼梯。墓室并不大，里面摆放着三口石棺。离入口最近的石棺棺盖被移开了一半。杰洛特从外套中掏出第三瓶药剂，一饮而尽，随后踏入棺中，慢慢躺了下去。不出所料，这是口双人石棺——母亲与女儿同椁而殓。

　　合上棺盖的瞬间，妖鸟的咆哮再次从墓室上方传来。他仰面躺在阿妲的干尸旁，在棺盖内壁画了个亚登法印，而后将银剑置于胸前，在胸口处立起一个满是夜光沙的微型沙漏，最后双臂交叉，抱剑而眠。他已经听不到妖鸟那震天动地的尖啸。四叶重楼、白屈菜已开始生效，他什么都听不到了。

7

杰洛特睁开眼睛时，沙漏中的沙子已经见底，也就是说，他沉眠的时间比预计的还要久一些。他竖起耳朵，什么都没听到。他的五感已恢复正常。

他一手握剑，一手紧贴石棺棺盖，轻吟一段咒语，而后轻轻地将棺盖移开数寸。

周围寂静无声。

他将棺盖又移开了些，坐了起来，手中银剑蓄势待发，向棺外探出头去。墓室之中漆黑一片，但猎魔人知道，外界黎明已至。他以燧石取火，点燃一盏小巧的油灯，而后将它提起，昏暗的灯光在墓室墙上投下了诡异的影子。

墓室空无一人。

他拖着酸痛、麻木、僵冷的身躯，从石棺中缓缓爬出。就在此时，他看到了她。她紧挨石棺，一丝不挂地仰面躺着，没有任何意识。

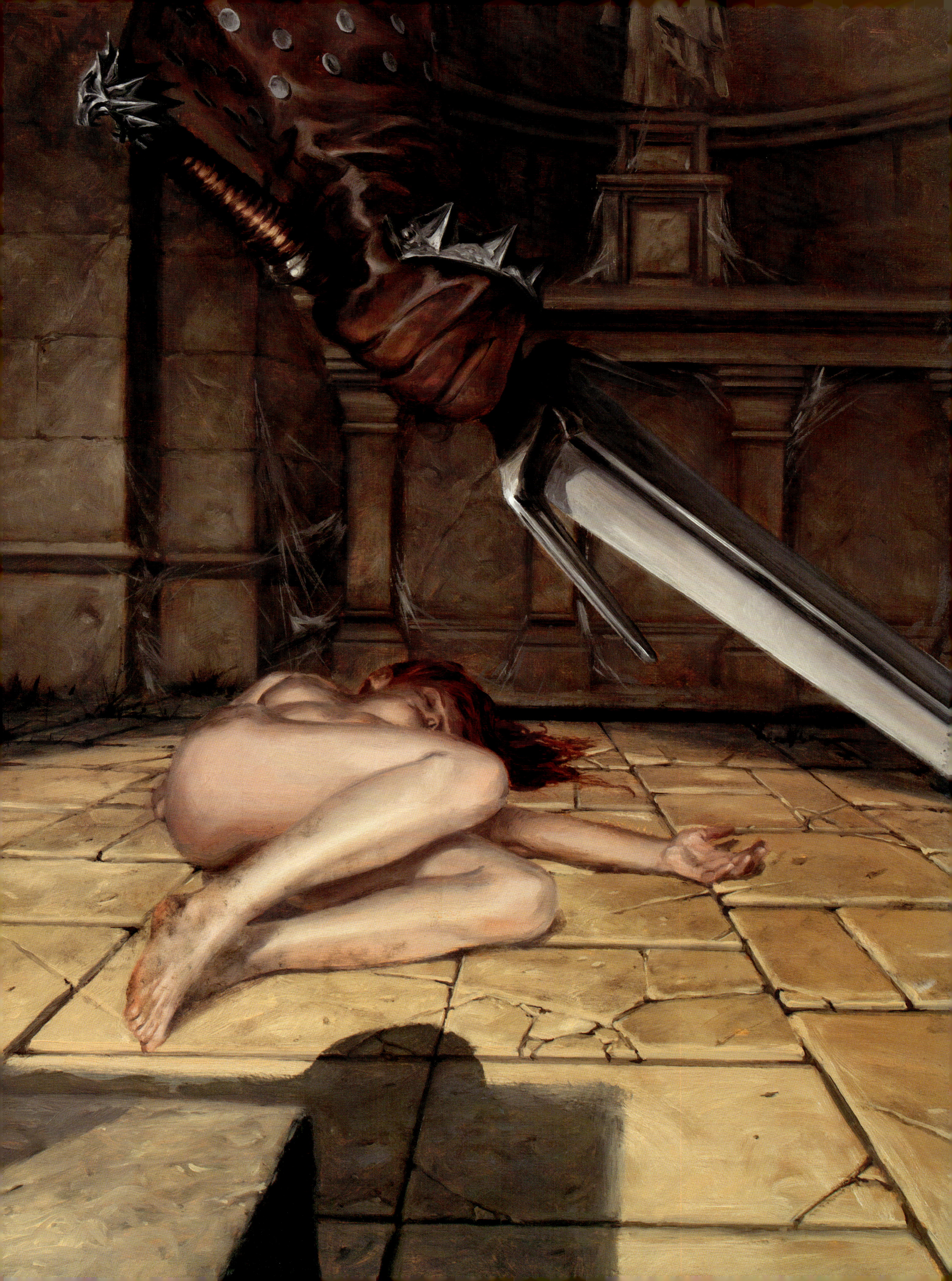

她说不上漂亮，甚至可以算得上丑陋。整个人瘦骨嶙峋，乳房小巧而尖挺，浑身脏兮兮的，红棕色的头发几乎过腰。他将油灯放到棺盖上，跪在她身旁，俯身查看。她双唇惨白，被他打中的脸颊上肿起了一个大包。杰洛特脱下手套，放下银剑，直接拿手指翻开她的上唇。她的牙齿已经恢复正常。他伸手去摸她埋藏在乱发中的一只手，还未碰到手掌，他看到了她大睁的双眼。一切为时已晚。

她的利爪猝然挥起，在他脖子上划出一道触目惊心的口子，鲜血喷溅而出，溅得她满脸都是。她嘶吼一声，另一手冲他眼睛抓去。猎魔人钳住她两手手腕，将她扑倒在地，死死压住。她挣脱不得，张口冲他面门咬去，无奈如今牙齿变短，咬了个空。猎魔人挺身仰头，额头狠狠撞向她面门，压制她手脚更加用力。她已没有之前那般怪力，只能在他身下挣扎嘶吼，嘴里不断吐出涌入口中的鲜血——猎魔人的鲜血。他的血流失很快。没时间了。猎魔人咒骂一声，冲她耳下脖颈用力咬去。他的牙齿越陷越深，直到那恐怖的咆哮逐渐变成尖细、绝望的哀鸣，最后化为伤心难过的呜咽——十四岁少女受伤的哭声，他才松口。

待她一动不动后，他松了手，跪坐起来，从袖袋中扯出一块亚麻布，使劲按在脖子上。他摸起身侧地上的银剑，剑身一横，抵住昏迷少女的喉咙，低头查看她的双手。她的指甲肮脏不堪、残缺不全、血痕未干，但……已经恢复了正常，完全变回了常人的指甲。

猎魔人艰难起身。清晨黏湿的灰色薄雾已从入口漫入墓室。他向楼梯走去，但却一个趔趄，重重跌坐在地。鲜血渗过湿透的亚麻布，顺着他的手臂流下，浸透了他的衣袖。他解开外套，撕下衬衣，铺展开后将它扯成布条，绕着脖子缠了几圈。他知道，自己马上就会昏迷，时间已所剩无几……

他刚包扎完伤口，便昏了过去。

湖畔对面，维吉玛城，一只公鸡在湿凉的雾气中抖擞羽毛，嘶哑地啼响了三声鸡鸣。

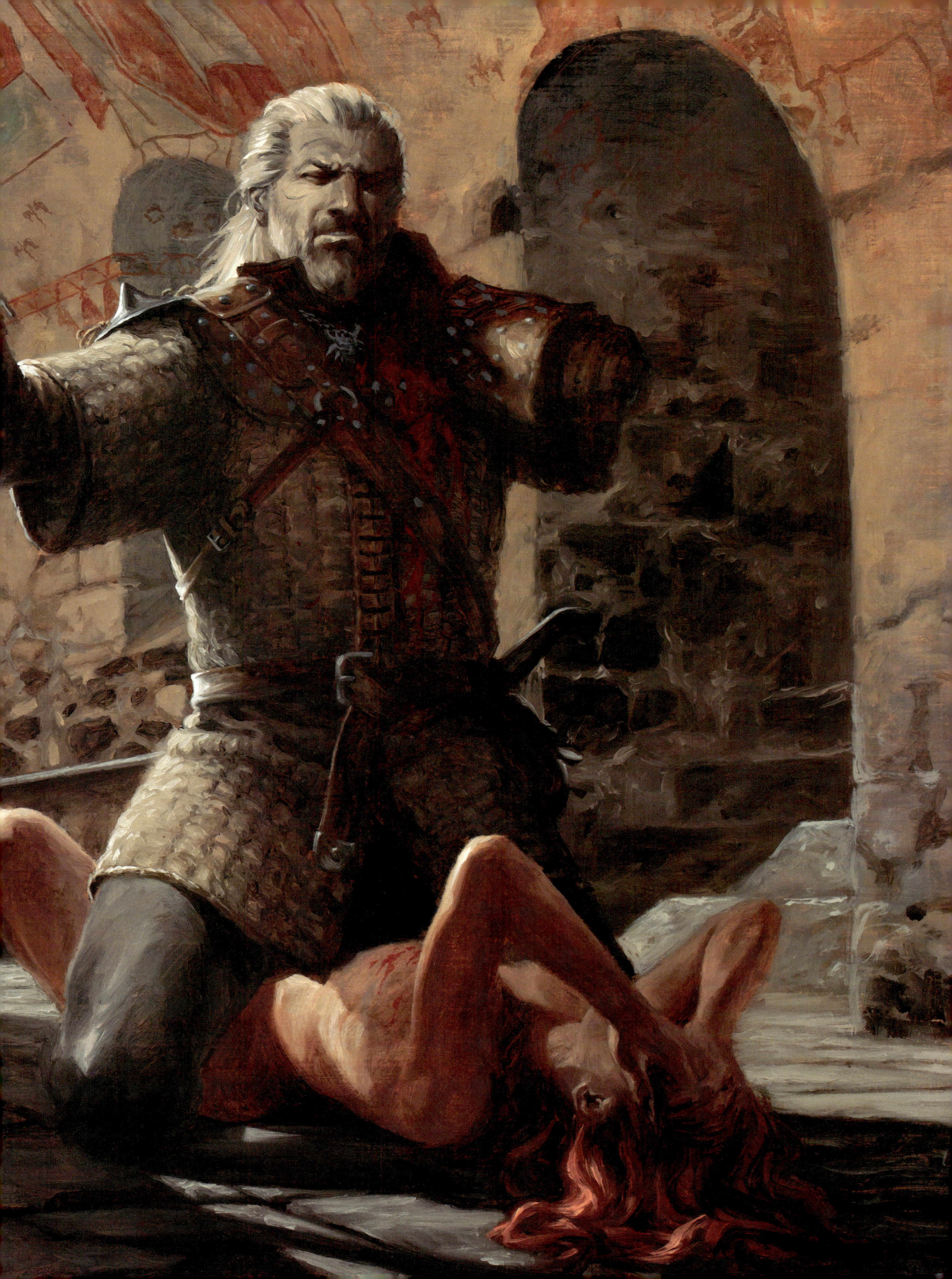

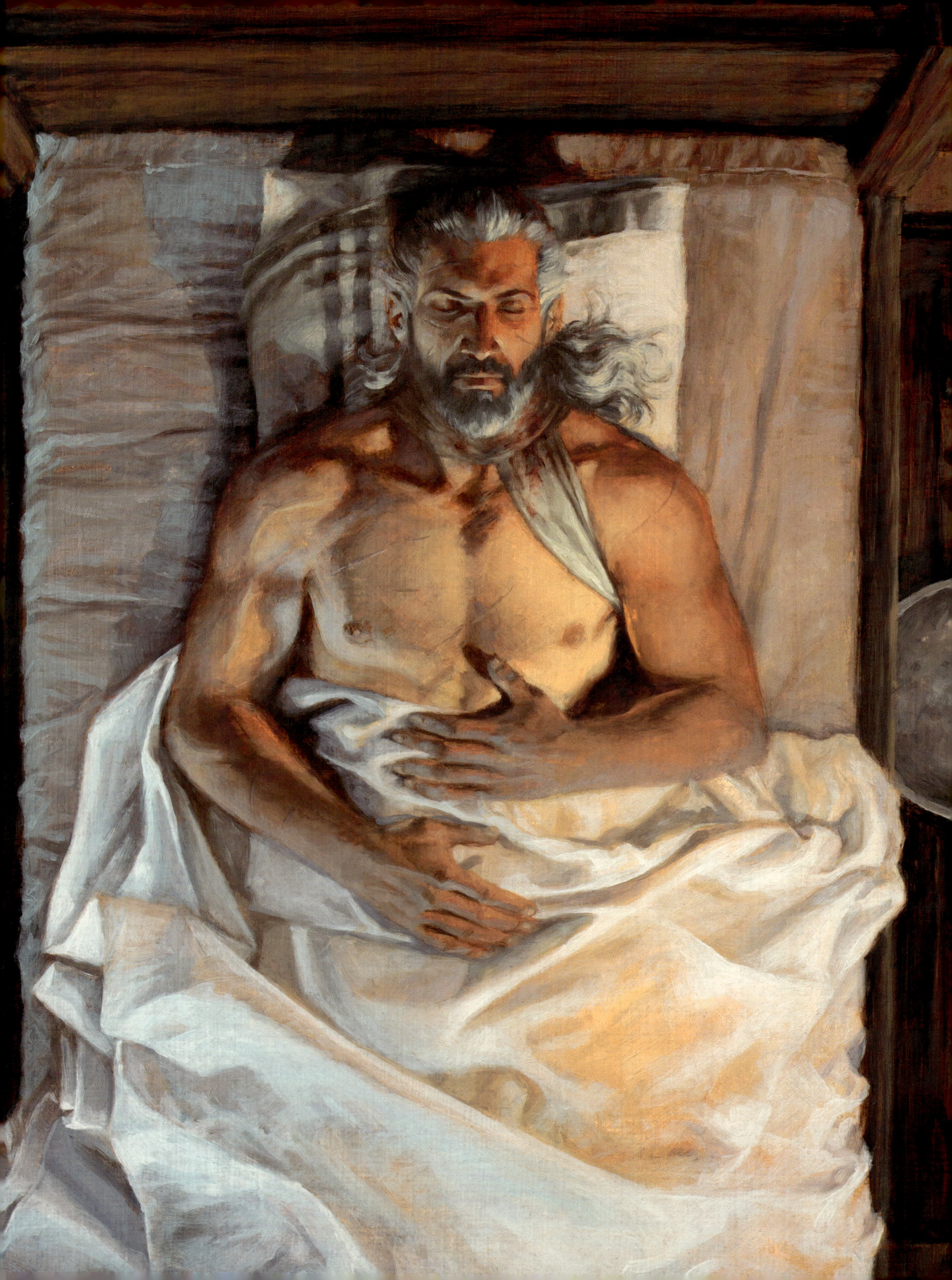

8

他睁开眼,映入眼帘的是守卫室楼上小房间中刷白的墙壁与带横梁的天花板。他摇了摇头,顿时痛得龇牙咧嘴,禁不住一声呻吟。他的脖子上缠着厚厚的绷带,包扎的手法十分专业。

"躺着别动,猎魔人。"维莱拉德道,"躺着就好,别乱动。"

"我的……长剑……"

"好了,好了,别说了。最重要的当然是你的猎魔人银剑。在这儿呢,别担心。两把钢剑也在,小箱子也在。还有三千奥伦。好了,好了,什么都别说。我就是个老不死的蠢货,而你是个聪明的猎魔人。这话弗尔泰斯特来回说了两天了。"

"两天……"

"没错,两天。她在你脖子上开了个不小的口子,里面的东西都能看得一清二楚。你当时失血过多。万幸的是,鸡鸣三声后,我们就火急火燎地赶去了宫殿。那天维吉玛所有人整夜没合眼。根本睡不着。你们那儿闹出的动静太大了。说这么多你不嫌烦吧?"

"公……主呢?"

"公主看着像个公主了。就是太瘦了,还有点傻兮兮的。整日哭个没完,还老往床上撒尿。但弗尔泰斯特说,她会变的。我猜,他这话的意思不是说她会变回去,对吧,杰洛特?"

猎魔人闭上了眼睛。

"好吧,我该走了,"维莱拉德站了起来,"好好休息。杰洛特,趁我还没走,能不能和我说说,为什么当时你想把她咬死?嗯?杰洛特?"

猎魔人已沉沉睡去。

《猎魔人》的成功（一）：一场意外之旅

在由波兰游戏公司 CDPR（CD Projekt Red）开发制作的游戏《巫师》风靡全球、卖出四千万份之前；在《猎魔人》电视剧集被奈飞制作、由"大超"亨利·卡维尔出演，在四周之内获七千六百万次订阅之前……在所有这些事发生之前，就已经有小说了。然而安杰伊·萨普科夫斯基这位作家成为幻想文学标志性人物的轨迹，可谓曲折之极。

1985 年，安杰伊·萨普科夫斯基 37 岁，是一位负责国际市场的销售总监，事业成功。他从未想过要成为一名作家，在当时波兰的政治经济环境中，这也实属正常。然而他十分爱好文学，尤其是幻想文学。

他的工作给他提供了很多旅行的机会，让他得以穿越边境，搞到他最爱的作家的英文作品，包括厄休拉·勒古恩、托尔金、吉恩·沃尔夫、罗杰·泽拉兹尼，总之是那些没在波兰出版的图书。在那个时期，他和出版行业的联系其实是通过翻译而迂回达成的。他当时为《幻想文学》（Fantastyka）——波兰唯一一本刊登科幻奇幻小说的杂志翻译过小说。

与此同时，《幻想文学》宣布将要举办一场短篇小说征文比赛。萨普科夫斯基的儿子克日什托夫鼓励自己的父亲参加比赛，安杰伊接受了他的建议，并向《幻想文学》提交了一篇名为《猎魔人》（即《逐恶而来》）的作品。

《猎魔人》最终没能拿下一等奖，甚至也没能独占第三名的位置，而是和其他两个短篇并列。杂志和评审认为，应该把奖项颁发给科幻小说，这样才更合适和公正。奇幻小说类别在当时并不是主流。

但没过多久，许多读者就向杂志表达了他们的不满。1986 年 12 月，《幻想文学》刊发了《猎魔人》，它还被推选为年度最佳短篇。《猎魔人》获得了 46% 的读者投票，可以说是获得了压倒性的胜利。接着有许多信件涌进了编辑部，其中的一些有特殊的要求，一位住在波兹南的书迷说，自己被萨普科夫斯基的叙述迷住了，他甚至在信中放了一笔钱，请编辑部转交给作者，催促他写作。而且，要求阅读猎魔人的新冒险故事的，远远不止他一个。

没有人会比安杰伊·萨普科夫斯基更惊讶了，他压根儿没打算写新的故事，更别提写书了。在 20 世纪 80 年代的波兰，除了极少数的作者，很少有人能出书。况且，萨普科夫斯基写的是奇幻故事，完全不是出版商和评论家感兴趣的领域。那个时候，波兰文坛深受《索拉里斯星》的作者斯坦尼斯瓦夫·莱姆和亚努什·A.扎伊德尔影响，在他们笔下，科幻小说是绕过审查评价政治体制的方式。科幻小说不像奇幻小说，它是崇高的、受人尊敬的，是有使命的。在那些年，即便是托尔金的《指环王》也并不受重视，更别说安杰伊·萨普科夫斯基笔下充满精怪、矮人和怪兽的故事了。

萨普科夫斯基独特的写作风格很快就受到了认可。他不仅征服了读者和评论家，甚至为未来几代的波兰作家改变了图书市场。不过，这种改变需要时间，发生在下一个十年，等到波兰的氛围更为自由的时候。在 20 世纪 80 年代后半期，萨普科夫斯基满足于写作短篇小说。1988 年，《猎魔人》发表两年之后，他发表了《不能回头之路》，又接连在 1989 年发表《真爱如血》，1990 年发表《勿以恶小》及《价码问题》。这些故事都收录在 1990 年出版的一本短篇集中，那时候萨普科夫斯基还没有获得如此巨大的名声，但利维亚的杰洛特已越来越受欢迎。

1989 年，柏林墙倒塌后的波兰作家们遇到了新困难，首先就是本土出版方的拒绝。在结束多年的严苛审查之后，波兰出版商终于能够出版那些他们认为好的作品，他们选择了从那些已然蜚声国际的作家作品开始，例如斯蒂芬·金和乔纳森·卡罗尔，那些书还从未在东方出版过。波兰图书市场飞速发展起来，绝大多数的出版巨头都是在这一时期崛起的。安杰伊·萨普科夫斯基将这一历史转折点视为重要机遇，他已经创造出了脍炙人口的英雄人物，也知道读者希望读到更多，这是波兰面貌一新的时期，他从此有了成为全职作者的机会。1994 年，"猎魔人"长篇传奇的第一部《精灵之血》出版，波兰出版商"超新星"精心盘算后，又在同一时期首次推出萨普科夫斯基的两本个人短篇集，分别是《最后的愿望（白狼崛起）》和《命运之剑》。虽然道路崎岖，但成功已在眼前……

（法语翻译协力：小酹）

蒂莫泰·蒙田工作室出品

TENUE LÉGÈRE AVEC CAPE.

L'homme portait un manteau noir jeté sur ses épaules. Il attirait l'attention. Il s'arrêta devant l'auberge "Au vieux Narakort." Il resta planté là quelques minutes, à écouter le brouhaha des conversations. L'auberge, comme d'habitude à cette heure, était noire de monde. L'inconnu n'entra pas au Vieux Narakort. Il enchaîna son cheval plus loin, vers le bout de la rue, où se trouvait un autre cabaret, plus petit, qui s'appelait "Au Renard." Le cabaret était vide. Il n'avait pas très bonne réputation.

Le patron leva la tête de son tonneau de cornichons marinés pour toiser son client. L'étranger, qui n'avait pas ôté son manteau, se tenait devant le comptoir; raide, figé, il ne disait mot.
— Qu'est-ce que ça sera ?
— Une bière, répondit l'inconnu. Il avait une voix désagréable. Le cabaretier s'essuya les mains à son tablier de toile et remplit un bock en grès dont le pot était ébréché. L'inconnu n'était pas vieux, mais il avait les cheveux pratiquement blancs. Sous son manteau, il portait un pourpoint de cuir râpé, lacé à l'encolure et sur les manches. Quand il se débarrassa de son manteau, tous remarquèrent le glaive suspendu à sa ceinture dans son dos.

"从一开始我便脱离开文本了，这是这个项目定下的基调。安杰伊·萨普科夫斯基的写作风格实在是太吝于描绘细节，我们只能从只言片语中去推测，再根据我们对不同年代服饰风格的大致了解和历史研究进行创作。在和乌戈·潘森商量之后，我们更倾向于采用十五世纪中一段时期的风格。"
——蒂姆[1]·蒙田

---
[1] 蒂莫泰的简称。

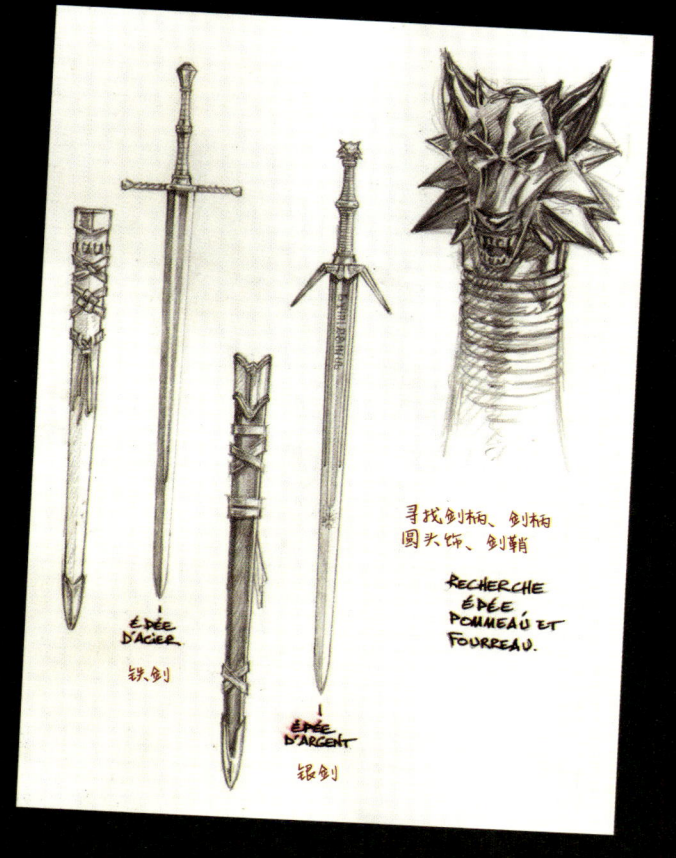

"黑白素描有助于营造氛围和构图。这是在分镜脚本和终稿之间的一步。"

ETUDES COULEURS. 配色设计

铁尖钉 ROUELLES ACIER

熊学派猎魔人套装参考
RÉFÉRENCE AU SET DE L'OURS.

狮鹫派猎魔人套装参考
RÉFÉRENCE AU SET DE LA MANTICORE.

作战上衣
POURPOINT ARMÉ

铆钉皮手套
GANTS CUIR CLOUTÉS

亚麻和皮革制短上衣
JAQUE LIN ET CUIR

呢绒裤
CHAUSSES EN LAINE

皮靴
BOTTES CUIR

战甲
TENUE DE COMBAT.

轻甲
TENUE LÉGÈRE.

"这些对游戏版服饰颜色和色调的调研，是出于善意的借鉴，感觉成稿效果还不错。"

RECHERCHES FERMETURE DE CAPE.
对于斗篷系法的研究

ETUDES DE LA CAPE
对斗篷的研究

"小说家偶尔会描写一些无法绘制出来的装束，不合实际，或是不实用。比如说，在这里我需要具体地描画出来，杰洛特是怎样一边在背上系着一柄剑，同时又穿着斗篷的。"

"从最早的素描到最后的成品之间,我自主改变了背景装饰。这些细木板会使背景变得过于拥挤,妨碍读者理解画面。在最终的画面中,我选择用有装饰的拱顶作为替代。"

致 谢

我要特别感谢乌戈·潘森,谢谢他慷慨地分享知识,并一直陪伴着我完成整本画集。

感谢布拉热洛涅出版社的团队,尤其是谢谢皮埃里克和法布里斯的用心投入。

谢谢大卫·杜康贡献出他的肖像,作为杰洛特的模子。还要谢谢"1415军队"团队,他们提供了服饰和配饰的借鉴,从而纠正了我们在历史方面的一些偏见,让画作更为可信。

最后,要由衷地谢谢莱斯莉,谢谢她毫无保留地支持,和日常生活中表现出的无限耐心。她真是太棒了!

T.M.